さらばわれらが惑いの年

北海純夫
KITAMI Sumio

文芸社

目次

一　いざ学園へ

オイラは〈七十年安保〉の直中（ただなか）にゆくりなくも大学生活を過ごした。

言うならば最後の政治の季節だ。

それも終わってみれば徒花（あだばな）にすぎない。

朽ちて、早（はや）、久しい。

見掛けは華々しかったものの結局尻すぼまりで終焉した。

見掛け倒しと言われれば二の句が継げない。

政治の季節は既に風化し昔語りと化している。

今更持ち出して云々するのは久闊（きゅうかつ）を叙するに等しい。

夢路をたどる思いを誘うだけだ。

偉そうなことを吐（ぬ）かしたがオイラに全共闘運動を語る資格はない。

そんな運動とは無縁のノンポリ学生の最たるものに他ならなかったからだ。

因（ちな）みに国語辞典によれば〈ノンポリとは政治問題（運動）に関心がないこと（人）〉とあ

る。

彼の荷風（永井）散人も別の意味合いでノンポリだったと言えないでもない。

当時国民こぞって戦争熱の狂騒に浮かされていた渦中にあって如何なる立場にも与せず冷徹の炯眼をもって終始絶対的傍観者に甘んじた。

陋巷の世捨て人に徹して間然するところがなかった。

☆

かく言うオイラは地方から大学進学のため長時間鉄路に揺られながら花の都へやって来た。

　男児志を立てて郷関を出づ
　学若し成らずんば死すとも帰らず
　骨を埋むるにあに墳墓の地のみならんや
　人間いたるところ青山あり

かく詠じた勤皇の僧・月性のごとき悲壮な覚悟はもとより更々なし。

寧ろ物見遊山の御上りさん気分が大きかった。

昭和四十二年卯月（四月）の時分。

既にして苔むす屍に等しい昔日の御代のことだ。
北日本や東日本から上京する際に降り立つ上野駅に半日がかりを要して着いた。

どこかに故郷の香りをのせて
入る列車のなつかしさ
上野は俺らの心の駅だ
くじけちゃならない人生が
あの日ここから始まった

（「ああ上野駅」井沢八郎）

上野界隈は疾うに桜前線真っ盛り。
五分咲きを超えて百花繚乱の趣。
春風に煽られて舞扇がひらひらと、舞姫さながらに。
早くも桜花はちらりほらり散り初めていた。
桜並木の連なりが小暗い隧道を織り成していた。
歩道はおろか車道も片々たる桜花が一面に散り敷いていた。
桜花の花色がしろじろとして灯影さながら映えていた。

旅立つ日、田舎の桜樹は未だ蕾を固くしていた。
一年ぶりの桜花との遭遇を先取りした格好で幸先よかった。

　こいつは春から縁起がいいわえ。
　　（「三人吉三　廓初買」河竹黙阿弥）

☆

従兄弟の世話で杉並区阿佐ヶ谷のアパート（四畳半一間）に一先ず落ち着いた。
さてと。
G大学（私立）の通用門は目白駅の目と鼻の先に門構えをしていた。
当初出這入りに通用門を利用した。
数箇月が経って学内の事情に通じてからは専ら人出の少ない裏門を使いはじめた。
裏門を出て暫く進むと中小の町工場（金属加工・冶金・鍍金・熔接等）が現れる。
その林立する傍らを過ぎて神田川沿いに歩を進め高田馬場駅に向かう。
この経路の懶い空無感が気に入って何時しか専用通学路となった。

　病葉を今日も浮かべて
街の谷　　川は流れる

ささやかな　望み破れて
哀しみに　染まる瞳に
黄昏(たそがれ)の　水のまぶしさ
（「川は流れる」仲宗根美樹）

☆

東都にやって来て一週間めの日曜。

積年の腹蔵の夢をかなえるべく早速何は扠置(さてお)き上野へ勇んで出掛けた。

大学進学のために東都へ出たなら先ず以(ま)って達成せんと極(き)めていた。

又翌週の日曜には「有楽町」に向かった。

凡(すべ)ては御上(おのぼ)りさん的発想が根底に存する。

箱型ラジオから流れるフランク永井の「有楽町で逢いましょう」に触発されたまでのこと。

あなたを待てば雨が降る
濡れて来ぬかと気にかかる
ああビルのほとりの

ティールーム
雨も愛しや唄ってる
甘いブルース
あなたと私の合い言葉
有楽町で逢いましょう

（「有楽町で逢いましょう」フランク永井）


くだんのメロディーが巷間に流れ出したのは、あれは、そう、昭和三十二年も晩秋の頃のことだ。

歌い手の低音の甘い美声に陶然となって聞き惚れた。

この歌は戦後が終わった旨を明瞭に告げていた。

それまでの流行り歌は何れも此れも未だ何処かしら戦争の余波や瘢痕を負っていた。

母は来ました　今日も来た
この岸壁に　今日も来た
とどかぬ願いと　知りながら
もしやもしやに　もしやもしやに

ひかされて
（「岩壁の母」菊池章子其の後二葉百合子）

星の流れに　身を占って
何処をねぐらの　今日の宿
荒（すさ）む心で　いるのじゃないが
泣けて涙も　涸れ果てた
こんな女に　誰がした
（「星の流れに」菊池章子）

今日も暮れゆく　異国の丘に
友よ辛かろ　切なかろ
我慢だ待ってろ　嵐が過ぎりゃ
帰る日も来る　春がくる
（「異国の丘」竹山逸郎其の後三浦洸一）

やさしかった　兄さんが
田舎の話を　聞きたいと

桜の下で　　さぞかし待つだろ
おっ母さん
あれが　　あれが九段坂
逢ったら泣くでしょ　兄さんも
（「東京だよおっ母さん」島倉千代子）

「有楽町で逢いましょう」は此れ等の流行り歌とは明瞭に一線を画していた。

典型的な特徴を挙げれば〈都会的センス〉〈ムーディーな曲調〉〈気の利いた詞藻〉〈哀調を帯びたトレモロ〉。

どれ一つ取っても垢抜けていた。

戦後とはまったきまでおさらばしていた。

そんなわけで上京の折には万難を排して有楽町へ馳せ参じる積もりでいた。

☆

先口の〈上野〉へ戻る。

して、何用で上野へ向かわれる？

そうお聞きになる向きもあるやに推測される。

正直に言って先年の思いを遂げんがためである。

これを実行すべく上野駅周縁の一軒の桃色映画館に入った。

ここで桃色映画に関する屈折した思いをひとくさり。

これまで何度〈十八歳未満の入場お断り〉の憎体な看板に泣かされ行く手を阻まれてきたことか。

めでたく十八歳に到達した今やノーを突き付けられる何の謂われもない。

大学に進学し既にして満十八歳に達している現今、晴れて誰憚ることなく垂涎の的の桃色映画におめもじかなうというものだ。

これまでの苦い経緯を掻い摘んで述べると。

小学校高学年の時分。

下校の途次電柱に貼られた映画ポスターに猪口才なガキながら煽情の洗礼を浴びた。

ポスターには肉感的蠱惑的挑発的媚態が大写しだ。

忽ちにしてその場に立ちん坊になった。

魂魄を奪われて飽かず見入った。

ガキだって一丁前に煩悩の持ち主だ。

脳内は正邪のごった煮に他ならぬ。

夕食後夜陰に乗じて遂に決行に及んだ。

向かう先は言わずと知れた映画館。

「子供一枚」

十八歳未満入場お断りの明示にもかかわらず無軌道行動に打って出たとは向こう見ずにも程がある。

「見たところ坊やのようだけど大人でないと見られないのよ。だから大人になってからにしてね」

券売窓口の姉（ねえ）やにやんわり諭（さと）された。

「だって見たいんだもん」

しぶとく食い下がった。

「駄目なものは駄目なの。聞き分けがないわねえ」

姉（ねえ）やも然（さ）る者。

ぴしゃりと門前払いを食わせた。

「姉（ねえ）やの分からず屋」

尚も減らず口を敲く。
押し問答に終始。
到頭話し合いの決裂に業を煮やした。
強行突破をもくろむ。
あっと言う間の機を見るに敏なムーブメント。
モギリの入り口から姉やの隙を突いて躍り込んだ。
しかし場内まで行き着かぬうちに背後から姉やに首根っこをふん捕まえられた。
敢えなく御用となった。
それでもせめてもの抵抗を試みたが甲斐がなかった。
かくして館外へ摘み出される羽目に陥った。
〈十八歳未満〉
何とも恨めしい年齢だ。
ともあれ後日を期すより外に如何ともしがたかった。

☆

元へ。

入り口手前の自販機で入場券を購入。

モギリに入場券を渡して半券を受け取る。

それでも未だ半信半疑だ。

そのとき悪夢が甦る。過去のトラウマが脳裏をかすめる。

又しても入場阻止の憂き目を見るのか。

「ストップ！」

背後から声を掛けられると思いきや結果的には何事もなかった。

安堵の胸を撫で下ろす。

観客席に近い扉を開けると映写幕に映し出されたエロい画像がいきなり目に飛び込んできた。

永年待ちに待った感動の瞬間だった。

画面いっぱい女優の裸体が大写しになっていた。

そしてモノクロ（白黒）からカラーの濡れ場に反転した刹那一驚を喫した。

そのとき感慨がひとしお込み上げてきた。

思わず知らず胸の内で快哉を叫んでいた。

小学生時その都度撥ね返されて終ぞ果たせなかった見果てぬ夢のまた夢。

この金城湯池の関門を漸くにして突破できた。

かくして永年の夢が大願成就。随喜また随喜。

☆

案に相違して桃色映画自体は今イチ面白みに虧けた。

だが、そんなことはオイラの中では瑣末事にすぎなかった。

肝心な点は映画の内容云々よりも桃色映画の入場を難なく許されたと言う一事に尽きた。

言祝ぐとすればこの通過儀礼を経たことに他ならない。

☆

卯月十日講堂において入学式が挙行された。

学長の祝辞が披露されたが今では一掬の内容すら思い出せない。

ぐっと来る惹句がなかった。そう言い切ると身も蓋もないが。

かつて東大総長の人口に膾炙した祝辞。

〈諸君は太った豚になるよりか痩せたソクラテスになり給え〉

我が大学の学長の祝辞には如上の印象的惹句がなかったことだけは慥かだ。

さあ、いよいよ、本格的な学園生活の始まりだ。

目白駅に最短距離の通用門を抜けて程なくして新入部員勧誘のプラカードを掲げた各部の上級生が大挙して手ぐすね引いて待ち受けるのに遭遇した。

銘々のプラカードには創意工夫を凝らしたに違いない謳い文句が仰々しく並べ立てられていた。

恒常的な部員の補充確保は部存続の死活問題だ。

従って勧誘の声にも自然肩に力が入る。

いきおい、必死さに満ち満ちて殆ど絶叫に近くなる。

通り掛かった、これはと思う白羽の矢を立てた新入生に果敢なアタックを仕掛けた。

一人の上級生がオイラに狙いをつけたらしく満面に愛想を湛え馴れ馴れしく近寄ってきた。

一見風俗の客引きと変わりがない。

「キミ、キミ、そこの垢抜けしないキミィ！」

（余計なお世話だ）

尚も相好を崩し猫撫で声手揉み等々商人然とした対応に終始しながら形振りかまわず擦り寄ってくる。

こういう先輩に限って首尾よく勧誘に奏功したあかつきには忽ちにして豹変するというのが通り相場だ。

新米の部員に指導と称して大いに先輩風を吹かせ苛め扱く見本そのものだ。

客引きには要注意。

声を掛けられたら脇目も振らずとっとと逃げるにしくはない。

身に染みついた、どうにもならない永年の習性に他ならない。

弱き者が生き延びる道は正直言ってこれっきゃない。

上級生が急接近した刹那身をよじって逃れた。

「おーい、そりゃあ、ねえだろ。話ぐらい聞いてくれたって罰は当たらんだろが」

背後で上級生の遠吠えが谺した。

上級生の切歯扼腕の様態が目に見えるようだ。

通用門から校舎までの行程は大勢の学生が通る一般的経路を避けて専ら人通りの少ない裏道（抜け道）を利用した。

通用門を抜けると裏道（抜け道）は直ぐの距離にある。
裏道（抜け道）は周縁を植え込みに囲繞され一見分かりづらい。
分け入ると異域が開ける。
それとともに次第に表通りの喧騒が遠退く。
丈高い植物群が増えだす。
植物群に陽射しが鎖されて昼尚仄暗い。
さながら暁闇を案出するようだ。
寸時杣道に一足踏み入れたようなそんな錯覚と戸惑いを誘発する。
一足進むごとに周りの空気や雰囲気が様変わりした。
分け入るにしたがって益々樹々が繁くなる。
何処からともなく山気が漂う感じだ。
唯今の立ち位置が山手線内側の都会のド真ん中とは到底想定できない。
行く手に広がる落ち葉の湿り。
腐葉土の温気。
木漏れ日の輪舞（乱舞）。

これらが大気中で攪拌されて妖しく匂い立つ。

一方、かつて嗅いだ記憶がある懐かしい匂いだ。

獣道のような細道が幅員を広げるにつれて低木から喬木へと樹相も移り変わる。

コンクリート塀伝いに歩を進めると、じき、弓手に翠に淀む池（血洗いの池。江戸期、中山安兵衛が高田馬場の決闘の後血刀を洗ったとされる言い伝えのある池）が望める。

また疎林越しに校舎の一部が見え隠れする。

池を境にして周縁の雰囲気が回り舞台よろしく更に変転する。

樹木の茂りが一層密になる。

高木の一群が天然の日傘となって遮光の効果を上げる。

さながら深山の趣。

辺りに霊気が靄う。

濃密な大気に当てられて一種の息苦しさのようなものを覚える。

そんな折、たまさか、そよとの一陣の風が葉漏れ日のあわいを吹き抜ける。

強めの風に煽られると樹々の天辺の枝葉が反撥しあって天蓋が開閉する。

すると、これまで塞き止められていた昼光が一思いに樹間に雪崩れ込む。

射し込む日輪に緑葉が透かされて清しい光彩を放つ。

（ひょっとして魔境に迷い込んだか）

ふと、そんな取り留めない想念と錯覚とが誘発される。

（冗談じゃない。此処はれっきとしたかつての帝都の真ん真ん中。畏れ多くも天子様のおわします花の都だ）

試しに学内と学外との境目となるコンクリート塀に走り寄って耳を欹ててみる。

ガタンゴトン。

慥かに鉄路を軋る不協和音が耳介を打つ。

改めて世俗を取り込む。

学外の何処そのパチンコ店辺から流行り歌が流れてくる。

　私が男になれたなら
　私は女を捨てないわ
　ネオンぐらしの蝶々には
　やさしい言葉がしみたのよ
　バカだなバカだな

だまされちゃって
　夜が冷たい新宿の女
　　　　（「新宿の女」藤圭子）

一遍に俗気が甦る。

☆

血洗いの池を過ぎた辺からなだらかな勾配へと変わる。
疎林が一転して繁茂の状態に様変わりする。
樹々のパラソルが頭上から覆いかぶさる。
両脇からも締め上げる。
気密性も増す。
圧する感じに心持ち息苦しい。
樹霊が放つ霊気の所為かしらん。
行く手に物の怪の気配。
朽ち葉の散り敷く腐葉土を踏みしめていたときのこと。
傍らの叢から出し抜けに、

奇っ怪なものが、
飛び出してきて、
素早く足元を横切った。
（な、なんだ！）
一瞬身体髪膚が凝る。
拳骨大ほどの暗褐色の塊。
思うだに気色悪い。
唾棄すべき存在そのものに違いなかった。
して、正体は？
後で蟇蛙と知った。
池の主やも知れぬ。
更に進むと。
前万の笹藪からガサゴソと怪しい物音が撥ねる。
気配から推して何かが潜んでいる感じだ。
それでも勇を鼓して敢えて一歩を踏み出してみる。

恐る恐る徐々に間隔をつづめる。
むこうも危険の衝迫感を感知してか、それまでのオチャッピイな騒々しさが突然休止し
影を潜める。
物音一つ立てない。
息を凝(こ)らして当方の出方(でかた)（動向）を窺(うかが)っている模様だ。
と、
そのとき、
足下(そっか)の一歩手前を、
電光石火が突っ切った。
一々目で追うのが困難だ。
それ程はしっこい（すばしっこい）。
忽(たちま)ちのうちに向かいの茂みに逃げ込んだ。
見過ごさず瞬間的に捉えた残像から推定してどうも鳥のよう。
されど一向に飛び立つ素振りが見られない。
さては飛べない鳥か。

山原水鶏(ヤンバルクイナ)？

あとで鶉(うずら)と知る。

茶褐色の鳩ほどの大きさ。

それから後もヤッコさんとはこの近辺で屡々出会(しばしばしゅっかい)した。

笹藪の彼方此方(かなたこなた)で囂(かまびす)しい物音が弾(はじ)けたらヤッコさんと思って略(ほぼ)間違いない。

彼等は子々孫々に至るまで久しく此処いら一帯を棲(す)み処(か)（塒(ねぐら)）としているようだった。

性質は至って臆病だ。

人の気配を察知するや一散に三十六計逃げるに如(し)かずを決め込む。

かつてテレビで話題になったエリマキトカゲの逃走劇（スタコラサッサと逃げ出すズッコケぶり）を髣髴(ほうふつ)させる。

どうもヤッコさんのＤＮＡには人間を見たなら「そら逃げろ」という遺伝情報がぶっ千(ち)切(ぎ)りのトップで奇(く)しくも組み込まれているようだ。

同じ大学の〈袖触れ合うも多生の縁〉の住人ながら仲良し小良(こよ)しの関係は築けそうになかった。

付かず離れず。

其処いらが落としどころか。
亦、更に進むと。
背丈より稍高い枝先。
何やら紐状のものが枝垂れている。
草色と褐色の混淆色。
寸時正体につき判断つきかねた。
一寸見は半ば枝折れた樹枝に見えないでもない。
そのとき件の枝が気持ち反り返った。
微動なれども慥かに撓った。
軈て枝はのけ反るように反転した。
クネクネさせながら樹上へと。
しなやかな身のこなし。
見る見る高みへと這い上がっていく。
紛う方なく蛇身。
途中鎌首を擡げる。

（オイラの田舎には青大将なんて珍しくもない。市外を河が貫流する。水ぬるむ春暖の候を迎えると川縁の近くの石垣の隙間から陽気に誘われて冬眠から覚めた青大将がのっそり這い出てくる。こっちから一匹、あっちからも一匹と。まったりとした動きはさながら勝算なき敗残兵のよう。永い冬眠からの寝覚めのせいで未だ往時の敏捷さを恢復していない。だが、蛇身が次第に温まってくると俄然動きが素早くなる。

そうなると取っ捕まえるのが相当厄介になる。

でないとアダムとイブの神代から生き延びているわけがない。

それにしても子供は残酷だ。

無為のうちに酷薄なことを遣って退ける。

地を這う蟲を見たら踏み潰したくなる止み難い衝動に衝き動かされる。

蝉や飛蝗を目の当たりにしたら無性に羽や脚をもぎたくなる。

雀や烏が目に映ったらパチンコを放って矢鱈と打ち落としたくなる。

空箱の捨て猫（子猫）を目にしたら箱ごと最寄りの小川に投擲したくなる。

中でも取り分け蛇を見たら言い知れぬ恐怖心からその反動としての憎悪と獰悪な敵愾心が頭を擡げる。

蛇に対して神代から抱懐する我等が祖先の崇める一方畏怖し厭うという二律背反の心性を我等もそのＤＮＡのうちに理不尽ながら取り込んでいる。

詰まりはその血脈を綿々と受け継いで現今の我々も又蛇に対して先祖返りの屈折した心情を投影させる。

小坎から這い出た冬眠から覚めたばっかりで未だ遅鈍な奴を鷲掴みにするのは訳無かった。

後尾を捉えるや振り回しながら反動をつけて力任せに石垣の角に頭部を打ち据える。

繰り返すうちツルッとした頭角に一筋の亀裂がぱっくりと。

血の溷濁した白身の肉叢の襞が半開きに覗く。

蛇は生命力強靱な持ち主だ。

なまじ精強の故にその精強さが徒となって楽に落命せぬという憂き目を見る。

言わばこの旨逆手に取った（頗る狡智に長けた）酷い仕打ちに他ならない。

蛇は絶命するまで蛇腹を激しく伸び縮みさせながら暫時地べたをのたうち回って苦しがる。

これを俗に〈蛇の生殺し〉と称する。

さて青大将は身を翻して殺し屋の魔の手の届かぬ高い枝へとまんまと逃れた。

此処はヤッパシ魔境に相違ない。

都心部のド真ん中にポッカリ空いた虫喰いそのものだ。

そのときかつて見た映画（「高野聖」）の妖気ただよう場面が二重写しになった。

（若き行脚の僧が飛騨山中の山路に迷い込む。奥深く分け入るにつれて夥しい山蛭や蛇が樹上から雨降る如くに振り掛かる。軈て命からがら、とある一軒の茅屋に辿り着く。其処には魔性の化身とおぼしき妖婉なる女性が住み着いている。家の周りには幾多の禽獣の類が屯し奇声を発しながら彼方此方蠢き回っている。何を隠そう実は禽獣どもの正体は一夜の宿りを求めて件の茅屋に立ち寄った旅人の変わり果てた姿に他ならない。彼の女性の妖しいまでの艶容に魅せられた旅人が情欲黙し難く言い寄った末に禽獣に変身を余儀なくされた成れの果ての浅ましい姿そのものに他ならない。件の遊行僧は女性に特別に目をかけられ幸いにして難を逃れた。）

此処は「高野聖」に比して多くの山蛭や蛇がいない分まだ増しだ。

坂の勾配の天辺に達したとき右手に石段の階段が見え隠れした。

その傍らに里程標の如き木の標札が。

墨書で〈坐禅部〉と読めた。

（変わった部もあるもんだ）

石段の個々の石も木小不揃いで傾斜面の土塊（つちくれ）に無理して押し込み且つ嵌め込んだ感じがした。

見るからに素人（しろうと）の手による出来映（できば）えだ。

腰を屈（かが）めて下段の方を覗き込む。

頭越しにしなだれかかる枝葉の所為（せい）で下方の容子（ようす）は不明瞭だった。

それでも更に虹彩（こうさい）を凝（こ）らせば樹々のあわいを透過する葉漏れ日にうっすらと小屋らしき建造物が垣間見える。

何やら心惹かれる儘（まま）一段ずつ下（くだ）った。

何にしても此処は大学構内の一角。

何程（なにほど）のことがあろう。

肩透（かたす）かしを食ったように突如として展望が開けた。

段差による加速度の弾（はず）みで前方へつんのめるみたいにして押し出された感じだった。
二、三十段は下（くだ）ったろうか。

降り立った先は畳にして八畳敷きほどの平地が延(の)びていた。

樹陰が織りなす小暗(おぐら)さが唐突に立ち消えて其処(そこ)は暖色の光彩に包まれていた。

そして向こう端(はし)の懸崖(けんがい)が突き当たり（どん詰まり）で更なる行く手を峻拒(しゅんきょ)した。

詰まりは此処が大学構内の境界というわけだ。

その先に俗界表徴(ひょうちょう)の民間アパートがギッシリ建て込んでいた。

到頭魔境も尽きたか。

さてと。

更地を挟んで左方に飾り気のない小屋風の建物が存した。

建て付けの悪そうな戸口の庇(ひさし)の上端に横にした板にデカデカと〈悟学堂(ごがくどう)〉と小屋名が墨書(ぼくしょ)してある。

さては坐禅部の部室かしらん。

亦(また)、右方に禅堂らしき建物が存する。

黒漆(くろうるし)塗(ぬ)りで部室より一回りほど大きく作りも余程(よほど)頑丈にできている。

正面廂(ひさし)の上の額(がく)には墨痕淋漓(ぼっこんりんり)たる筆遣いで〈無着堂(むちゃくどう)〉と読めた。

左右の二棟(ふたむね)とも素人(しろうと)の手作りを髣髴(ほうふつ)させる。

丸太ん棒や石材等を巧みに配置してあって質朴(しっぽく)さが光る。

それにしても構内中心部の喧騒(けんそう)とは打って変わって周囲は如何にも長閑(のどか)だ。

崖寄りに危うげに紅白と黄のチューリップが日盛りの春陽を浴びて咲き誇る。

色鮮やかで清(すが)しく眩(まぶ)しい。

　春の海ひねもすのたりのたりかな
　　　　　　　　　　　　　　（与謝蕪村）

柄(がら)でもなくうろ覚えの句が口辺(こうへん)を這(は)い出る。

これも春暖の余得(よとく)か。

それほどに辺(あた)りは静まり返って眠たげだ。

人っ子一人見当たらない。

部室の中からも物音一つしない。

部員の出入りも絶えてない。

それにつけても今時〈坐禅部〉とは余りに浮き世離れしていて恐れ入る。

だいいち在籍部員が存するのか。

存するとしたなら其奴(そやつ)は屹度(きっと)風変わりな抹香臭い輩(やから)に違いない。

さはあれ此処(ここ)の雰囲気は悪くない。

取り分けぽっと出の地方出身には近しい馴染みの環境で溶け込みやすい。

思わず知らず半(なか)ば入部に前向きになる。

地方出の田舎者にはお誂(あつら)え向きの部やも知れぬ。

大概の各部の部室は構内の中心部にあって雑居房然とした安普請の棟割り長屋風の建物に同衾(どうきん)の格好で体良(ていよ)く押し込められていた。

それに比して坐禅部の部室は周縁を一面の笹藪と雑木(ぞうき)とに囲繞(いにょう)されている。

良くもまあこんな傾斜の難所に棟上(むねあ)げしたものだと感心する。

名は体(たい)を表(あらわ)す。

その字義どおり坐禅部は坐禅を組んで忘我の境に没入するのが本義(ほんぎ)の部とお見受けする。

となればそれ相応の静謐(せいひつ)な環境を要するのが道理というものだ。

要(い)らぬ夾雑(きょうざつ)音は三昧境(さんまいきょう)の妨げの元凶(げんきょう)ともなりかねぬ。

何はさておき大学の中心から成るべく離れるに越したことはない。

その点秘境に近い雰囲気を醸(かも)す当場所に創部の坐禅部は正(まさ)しく地の利を得ている。

返す返すもかつての部員諸兄の労苦の程が偲ばれる。

開削に当たり聞くも涙語るも涙の秘話が有りや無しや。

後日入部して先輩から聞いたところによれば当時の部員有志が手弁当で手間暇かけて天下の嶮を開削し、均し、かくして切り開いたということだ。

更に労力を投下して部室や禅堂が建ち上がった
この気の長い手作業は先輩から後輩へと累代引き継がれていった。

出来不出来は兎も角として労作は言うを俟たない。

☆

不図禅堂の両開きの戸のダイヤル式の錠が外れているのに気付く。

恐る恐る開けてみる。

吃驚箱の蓋に手を掛ける寸前の心境。

そろそろと半分ほどを開け放つ。

矢庭に闇が奥から襲いかかる。

一閃逆光が闇を迎え撃つ。

陰と陽の交雑により束の間目眩む。

視野に俄かに暈(ぼか)しが入ったみたいに暫時(ざんじ)禅堂内部の輪郭が摑(つか)めない。

ややあって漸(ようや)く慣れてきた。

蒙(もう)が啓(ひら)かれるように視界が漸次(ぜんじ)霽(は)れてきた。

堂宇内(どううない)に目を凝(こ)らす。

一わたり見回す。

軈(やが)て仄見(ほのみ)えてくる。

通路の左右に畳敷きの壇(だん)。

奥に灯明台(とうみょうだい)。

次(つ)いで入り口に近い右の壇(だん)に透(す)かし彫(ぼ)りのような人影を見いだす。

誰か寝そべっている。

相手に気配を気取(けど)られたよう。

人影はむっくり軀体(くたい)を立ち上がらせる。

「部員の方ですか」

「いや、ボクは新入生ですよ。入部に関しては唯今(ただいま)思案中と言ったところです。但し、前向きに検討してますがね」

相手は悪びれるふうもなく応答した。

堂の外へ出てくるなり背伸びと欠伸をしながら言葉を継いだ。

「いやあ、春は眠い。実に眠い。嫌になるほど眠い。まあ、そういうわけで講義の合間に午睡を取っていた次第で。春眠暁を覚えずですわ。まあ、そんなところです」

そう言って如何にも眠たげなしょぼついた眼を瞬いた。

人を食った風の物言い。

風変わりな男のようだ。

それが彼氏への第一印象だった。

陽射しの中の彼氏は案に相違して白面の中々の好男子だった。

唯引っ掛かる点が一つあった。

早速その疑問をぶっつけてみた。

「禅堂と言えば坐禅を組む言わば神聖な修行の場、あのように寝汚く寝そべっていたりして罰が当たりませんかね」

「お見受けしたところ貴君もよほど肝っ玉の小さい心配性の小心者と見えますね」

初対面の相手に対して彼氏はのっけからズケズケと言ってきた。

「問題をすり替えないでほしいですな」

オイラはむかっときたので正攻法でやり返した。

「小さい小さい」

未だ言ってる。

「釈迦牟尼仏の懐は貴君の想像を絶するほど実に深遠だ。したがって貴君の懸念は杞憂にすぎない。浅慮でもって忖度しては釈尊の意とするところを見誤る。いやあ、実に深い。あの孫悟空でさえ釈迦の掌中から一歩たりとも飛び出すことが叶わなかったほどです。つまりは仏陀のたなごころで踊らされていたってわけですわ」

彼氏は利いた風な口をきく。

さながら明治期の自由民権論者の如く力説して止まない。

「高が昼寝をしたぐらいで一々つべこべ言わんさ。仮に仏さんがそったらケツの穴の小さいケチ臭い旨ぬかすならコチトラから三下り半突き付けて願い下げにしてやるわい」

彼氏は口角に泡粒を浮かべて随分と思い切った罰当たりな御託宣を並べた。

オイラとしてもやられっぱなしじゃ余りに情けない。

「ところで貴君の出自は？」

又しても先手を取られた。

「ホッカイドウだよ」

不貞腐(ふてくさ)れて言った。

「そうか、蝦夷(えぞ)の山猿と言うわけか。道理で」

「道理で」という一言に過剰反応して思わず知らずムッとなる。

「その顔、バカにしてるね。絶対にバカにしてるわ。確信犯的だわ。だったらそういうキミは何処(どこ)出身なのよ」

正直に言って押され気味だ。

同じ新入生でありながらこれでは口惜(くちお)しい。

少しは攻勢に転じなくてはと思って捨て身で言い返した。

「岩手県稗貫(ひえぬき)郡」

彼氏は何のケレンもなく言って退(の)けた。

岩手と言えば日本のチベット。

良くも臆する色もなしにああも言い切れるものだ。

よっぽど鈍感か鉄面皮(てつめんぴ)に違いない。

「なあんだ」

せせら笑うように思いっきり見下（みくだ）したような口調で言ってやった。

「貴君こそ小バカにしてるね」

彼氏は一向に動ずる気色（けしき）が見られない。

「岩手に比してホッカイドウの方がよほどナウいし垢抜（あかぬ）けしてる」

今度はこっちの番だ。

更に畳み掛けた。

「だって考えてもみなよ。東京のカルチャーやニューファッションは岩手の空を素通りして一っ飛びに札幌にやって来る。岩手は置いてきぼりだわ」

オイラは鼻高々で切り込んだ。

「貴君はそれでボクを打ち負かしたつもりかね。いい気になってやいないかい。とんだ御（お）門違（かど）いというもんだぜ。貴君が声高（こわだか）に強調するファッションなんて所詮流行（はや）り廃（すた）りのある徒花（あだばな）だよ。言わば吹けば飛ぶよなもの。泡銭（あぶくぜに）みたいなもんさ」

対話者を煙（けむ）に巻く彼氏得意のレトリックだ。

この言（げん）を受けてオイラは警戒の色を一層強めた。

「要諦は文化の密度如何」

彼氏は尚も持論を展開した。

もとより後者に就いては異論はない。

「かつて蝦夷地においては〈宮沢賢治〉や〈石川啄木〉に比肩せし人物の輩出が有りや」

彼氏はオイラを料理すべく更に切り口を変えてきた。

好戦的間答を仕掛けてきた。

「ええと……」

当意即妙の答えが出てこない。

それでも負けじと懸命に思案した。

「室蘭出身に芥川賞受賞作家の八木義徳がおるわい」

窮すれば通じる。

やっとのことで絞り出した。

「たったの一人かよ」

当方の骨折りに到底見合わぬ言い種だ。

「いや、まだまだ。ええと、ええと」

焦るばかりで二の句が継げない。

「貴君はいつから吃り(ども)になったのかね」

「ええと……ええと……ええと……」

「埒(らち)が明(あ)かんわ。じゃ、選手交代してお次はこっちの番だ」

「ちょい待ち」

「いいからいいから。後(あと)で弁解の機会を与えてやるからさ。まあ、ボクの話を聞きなよ。

さて、貴君は水沢の三傑(さんけつ)を知ってるかね」

「知るかよ」

オイラは不機嫌丸出し。

彼氏は委細意に介さない。

「高野長英、後藤新平、斉藤実」

次々に繰り出した。

如何にも当て付けがましい。

「海軍大将及川古志郎、陸軍大将板垣征四郎、アイヌ語学者金田一京助」

更に引き続き彼氏は厭味(いやみ)たっぷり畳み掛けた。

分が悪い。

形勢不利は否めない。

「まだいるぞ。極め付けは銭形平次の生みの親野村胡堂」

彼氏が止めを刺す。

（もしかして岩手は人材の宝庫？）

（次にどんな偉人が）

自信がぐらつく。

このまま横綱相撲を取られて一方的に押し切られたのでは如何にも胸糞が悪い。

せめて一太刀なりとも。

死なば諸共。

道連れだ。

「どうやら種切れのようだね」

思いっきりシニカルに言ってやった。

「負け惜しみかね。この期に及んで見苦しいぜ。事ここに至っても白旗を掲げないとは貴君も良く良く見栄っ張りの意地っ張りとお見受けする」

「敵ながらアッパレとでも言いたいのかよ」

「おやおや敵とは心外だね。まあ、そう拗ねなさんな。坐禅部に入部しようと前向きになっている我々は志を同じゅうする同志ではないか」

言いたい放題。

何処までもカチンと来る奴だ。

「物足りなさは残るものの、まあ、それはそれとして、貴君とはそこそこ仲良くやっていけそうだしね。こいつは幸先から縁起がいいわい。合縁奇縁とは良く言ったもんだ」

彼氏はオイラそっちのけで一人気焔を上げた。

「キミは掛け合い漫才の相方でも求めてるの？　だとしたら御免被るわ」

オイラは完全に臍を曲げていた。

「それ、それ、それだよ。うまいこと言うなあ。ボクはね、その相棒を探してたんだわ。よろしくな」

彼氏はまるっきり動ずる気色を見せなかった。

それどころか彼氏ときたら終始ノリノリだ。

調子のいい奴。

それが彼氏に対してのオイラの第一印象に他ならなかった。
両者の出会いはこんなふうにして始まった。

翌日にも尾を引いているのか何となくブルーな気分だ。
こんな日は好きなことをして憂さを晴らすに限る。
午后（ごご）の講義はサボることにした。
映画を見にいこう。
任侠映画か桃色（ピンク）映画。
白昼堂々と桃色（ピンク）映画はどうも気が引ける。
だったら健さんの「昭和残侠伝」で決まり。
門外へ向かいかけて俄かに尿意の真率（しんそつ）なる直訴（じきそ）を受ける。
そこで先ず（まず）喫緊（きっきん）の生理現象を片付（かたづ）けることにした。
坐禅部の部室近くの笹藪に分け入った。
前方に何やら不審者が。
地べたに折り重なっていた。

まごうかたなく一組みの男女の野合に他ならなかった。

諸君は神聖なる学び舎の敷地を犬畜生の交媾によって穢すつもりか。

オイラの採るべき選択肢は二つに一つ。
（一）一つは今後の警めとするための罰として蹴散らすか思い切り踏んづけてやるか。
（二）それとも陰険な仕打ちは止して紳士的に避けて通り過ぎるか。
もとよりオイラの腹蔵では先験的に前者と決まっていた。

彼氏との件がもとで少々ムシャクシャしていたうえ、イチャイチャしやがって（見せつけやがって）、こいつら、一発ど突いてやろかとの見え見えの悪意もあった。

この際八つ当たりして溜飲を下げるには格好の標的に他ならなかった。

この時とばかりに思う存分良心の呵責なく踏んづけてやった。

（おめえさん方にゃ何の恨みつらみも御座んせん。ただ、あっしの気紛れな憂さ晴らし。理不尽とおっしゃいましても、生憎只今あっしの虫の居所が悪う御座んしてね。こう滅多矢鱈と見るもの聞くもの無性に腹立たしくなってきやしてね。とまあ、そんなところへ折悪しくあっしとバッタリ出くわしたってわけでさあ。それがおめえさん方の運の尽き。とんだトバッチリを食う羽目になっちゃったって次第でしてね。あっしの虫の居所が悪いばっかりに、あっしの慰み物にされちまった、そんなおめえさん方は本にお気の毒とお察しいたしやす。たしかに、ここを先途と私怨の憂さ晴らしをしようてのは筋違いやも知れねえ。大人げないと言われりゃ是非もねえ。けどねえ、あっしにもどうにもならねえんでしてね。ここは一つ、運悪く鉢合わせをした身の不運とおぼしめして諦めてもらうしかねえんで）

健さん（高倉健）主演の任侠映画「昭和残侠伝」の口上を我知らず独語していた。

任侠映画の見過ぎの所為か台詞回しが思わず知らず血肉化していたらしい。

たしか、うろ覚えの東大駒場祭のポスターにも次のような惹句が有ったっけ。

とめてくれるな、おっかさん

背中のいちょうが泣いている

男東大どこへいく

滑舌がいい節回しはつい使ってみたくなるようだ。

話変わって、この時履いていた下駄が更に追い打ちを掛けた。

中高時、晩春から仲秋にかけて下駄履きで通した。

その習慣から上京後も屢々下駄履きで通学した。

電車内が込み合うとさあ大変。

乗客の顰蹙を買うこと請け合いだ。

うっかり踏んづけて睨み付けられたことも度々ある。

さてもアベックは叢を即製の褥にして閨の睦み合いに興じていた。

こともあろうによりにもよって大学校内を野合の場とするとは不謹慎が過ぎる。

（こいつら揃いも揃って肉食系か）

暖春酣の時節柄生きとし生けるものは挙って盛りの一大イベントを迎える。

してみると、どいつもこいつも、さながら催淫剤を服したみたいに劣情に走るのも宜なるかな。

春来たりなば発情遠からじ。

一掬の同情の余地はありそうだ。

されど学び舎となれば話は別だ。捨て置けぬ。

学府を野合で穢したとあっては見過ごすわけにも罪一等を減じるわけにもいかない。

ここは心を鬼にして泣いて馬謖を斬る断罪を下す必要がある。

罪科の趣旨は学びの庭を野合によって穢した由。

申し開きは一切不可。

軍事裁判（軍法会議）と等し並みの一審限り。

即刻刑の執行に移る。

彼等の股の辺をわざと下駄履きで踏んづけてやった。

刹那下駄履きの足指の付け根に不協和音が伝播する。

「ぐにゃっ」は筋肉の捩れる触感。

「ギギギ」は筋肉の突っ支い棒の骨が軋るノイズ。

下駄による笞刑で彼等が阿鼻叫喚の大音声を炸裂させた旨言うを俟たない。

シッポリ睦み合っているところへとんだ邪魔が入って彼等としても大いに当てが外れたに違いない。

御愁傷さま。

ラブホテル代をけちるからだ。

人災も天災と同様忘れた頃にやって来る。

よくよく心せよ。

ゆめゆめ忘るるな。

ええかっこしいもこの辺でお開きに。

つい人さまの忍ぶ恋路に横槍を入れてしまった。

早い話が余りに仲のよいところを見せつけられて、やっかみ半分、プッツン逆上した次第だ。

それかあらぬか図らずも狼藉（ろうぜき）に及んだ。

他愛もない憂（う）さ晴（ば）らしに突っ走った。

行（い）き掛（が）けの駄賃（だちん）よろしく物理的強勢力の行使に立ち至った。

何卒（なにとぞ）御海容（ごかいよう）をもって平にご容赦のほどを。

お目溢（めこぼ）しの思（おぼ）し召（め）しを。

再び細道へ立ち戻る。

右手下方に馬術部の馬場と厩舎（きゅうしゃ）が望める。

それを横目に裏門に通じる通りへ出る。

町工場を抜けて神田川沿いに高田馬場駅へ。

二　夜泣き姫

何はともあれ面白い構造の建物だった。

一階がパチンコ店、二階がスナック、三階が貸間（二間）、四階が雀荘ときた。

さながら魔窟のごとき相当怪しげな作りだ。

オイラは三階の貸間（四畳半）を生活の本拠とした。

所在地は中央線の阿佐ヶ谷駅（北口）からほぼ直線にして数百米（メートル）の商店街の一角。

交通の便もよかった。

部屋は只同然で使用できた。

伝え聞くところによれば何でも次のような事情が介在したみたいだ。

建物の所有者は在日韓国人。

当建物は現在係争中の物件とのこと。

従兄弟（いとこ）（弁護士）が当該建物に関する訴訟の代理人を引き受けていた。

その伝手（つて）でチャッカリ潜り込んでいるわけだ。

従って裁判の勝敗の帰趨如何によっては早晩建物の所有権が人手に渡る虞もあった。

万が一退去を余儀なくされれば大いなる痛手だ。

何しろこれほどの好条件の物件はそんじょそこらには見られない。

もとより望むべくもない。

家賃のみならず光熱水費に至るまでロハときた。

ウハウハ笑いが止まらない。

仮に人手に渡ったなら遅かれ早かれ追い出しを食う憂き目を見る。

貧窮問答歌を喞つ身と成り果てる。

せめても卒業するまで持ち堪えてくれるよう願うばかりだ。

あとは野となれ山となれ。

オイラの知ったこっちゃない。

されど卒業まであと四年近くある。

不幸にして留年の憂き目を見れば更に長引く。

　翻って日本の裁判が幾ら長期間を要すと酷評されても四年も五年も費やすとは想定し辛い。

其処でオイラも田舎育ちにしては悪知恵に長けていると言おうか従兄弟に会う度に事あるごとに訴訟の引き延ばしを嗾けた。

「オレは腕っこきの弁護士だから期待に添えるかどうか。何しろ此れまで裁判の迅速化に此れ努めてきたからねえ」

従兄弟は柔道で鍛えた百キロを超す固太りの巨軀を揺らして与太を飛ばした。

「どうせ乗り掛かった船なんだからさ最後まで面倒みてよ、ね」

「従兄弟を路頭に迷わすようなことはしないさ。オレの胸三寸でどうにでも転がる裁判だ。まあ大船に乗った気持ちでいなよ。任せておくんだね」

海千山千相手の山師弁護士に相応しい答えが返ってきた。

☆

数か月が閲した。

近辺の事情にも余程通じてきた。

見よう見まねの自炊のほうも漸次さまになってきた。

主食の飯と味噌汁さえ何とかなれば後は訳ない。

何しろ通りの商店街には多種多様な惣菜が目白押し。

目移りして決められないくらいだ。

飯は一人用のミニ炊飯器にスイッチを入れるだけで独りでにホクホクの飯が炊(た)きあがる。

但し、水の容量（加減）を誤ると頂けない結果となるから要注意だ。

課題は味噌汁。

当初は物の見事にしくじった。

湯に赤味噌を溶(と)かす。

忽(たちま)ちにして土気色(つちけいろ)に変じる。

外面はホンワカ湯気立つ紛れもない味噌汁其の物だ。

見ると飲むとでは大違い。

一口啜ってみる。

おっ魂消(たまげ)た。

何とまあ味も素っ気もない。

正直言って砂を噛むような味だ。

はたと或る物の入れ忘れに思い至った。

予(あらかじ)めジャコを入れてダシを取るのを失念していた。

兎角初心者には有り勝ちな初歩的ミステークだ。

何せ自炊は初体験。

一度や二度の遣り損ないでめげていても始まらない。

ともあれ親元を離れての独り暮らしは試行錯誤の連続だ。

☆

三階の貸間は階段を挟んで二部屋。

空室も程なくして埋まった。

偶さか部屋の住人と鉢合わせすることがあった。

見た目二十七、八の営業マン風だ。

顔を合わす都度相互に軽く会釈を交わした。

其の励行が住人同士の潤滑油になる。

されど煩わしい人間関係を厭う都会の住人の常として敢えてそれ以上の仕切りを越えようとの進取の気性を発揮する迄には至らない。

都会で暮らす住人の暗黙知に他ならない。

程なく隣室の住人が一定していないことに気付いた。

部屋への出入りをしている人物がその都度別人に替わっていた。

須臾にして分明したことだが隣室の住人はどうも複数人で共同して部屋を借りているらしかった。

又何かの目的で借り受け常住している訳ではない様だった。

時に夜半隣人の傍迷惑も顧みず多数の男女が蝟集して乱痴気騒ぎに及んだ。

更に男女が密会している場面に遭遇したことも何度かある。

建物自体築三十年は優に超えると覚しい木造の安普請。

部屋の間仕切りと言っても薄板壁一枚。

当然の結果各部屋からの発語は筒抜け同然。

例えて言うなら懸崖の尖端で怖々用を足すような心持ちだ。

御陰で心配の種が出来た。

芋好きのオイラに取って取り分け音の漏洩は徒や疎かに出来ぬ由々しき一大事に他ならない。

此れでは部屋に於いて安気に放屁一つ出来やしない。

少なく見積もって日に十発は固い。

放屁に武芸のように流派があるとすればオイラのは音無しの構え。

否々（いやいや）そんな生易（なまやさ）しいもんじゃない。

「ズデン、ズドン」

轟音一発。

宛（さなが）ら噴火山並みだ。

然（さ）すれば隣室まで届かぬ道理がない。

かと言って隣室を慮（おもんぱか）る余（あま）り無理やり押し戻せば自然の生理に背（そむ）く。

思うに吹けば飛ぶよな瓦斯（ガス）と雖（いえど）も我が分身に変わりはない。

晴れて外界へ飛散する門出（かどで）だ。

出来れば巣立（すだ）ちを言祝（ことほ）ぎたい。

宏遠（こうえん）な宇宙へ解き放ってやりたい。

然（さ）れど隣室を気にする余り半（なか）ば強引に腸内へ押し返せば生理と真逆の反転をして腹中が
グウグウ夜泣きする。

嗚呼（ああ）屁（ひ）を放る自由すら叶（かな）わぬのか。

幸福追求の権利は何処へ。

☆

或る日の昼下がり。
然無きだに手狭な部屋を有効活用すべく文机を押し入れ（上段）に設置した。
押し入れ内で電気スタンドの明かりを頼りに予習（復習）や読書をした。
東大の学生が岩波文庫一冊を一日で読破する旨聞き及んで珍しく刺激を受けた。
脳味噌の出来が違う向こう見ずと言われようがオイラも奮起して挑戦を試みた。
オイラ格別速読の術を会得するものではない。
若気の然らしめるところと言うほかない。
それにしても案外押し入れはスイートルームだ。
身の丈に合う分居心地がいい。
押し入れの即製の書斎にも余程馴化してきた。
そうこうするうちに度々隣室から漏れ聞こえる耳障りなノイズが気にかかりだした。
何でも女の泣くような。
それも啜り泣くような。
「なにゆゑに汝は泣く、

あたたかに夕日にほひ、
たんぽぽのやはき溜息（ためいき）野に蒸して甘くちらぼふ」
「ひとのすがたは見えねども、
なにが悲しき、そはそはと、
黄ろい羽虫がやはらかに
解けて纏（もつ）れて、欷歔（しゃく）るこゑ」
「げに、幻想のしたたりの
恐れと、をののきと、啜泣き、
匿（かく）しきれざる性のはづみを弾（は）ねかへせ、
美くしきわが夢の、笛の喇叭の春の曲」

（北原白秋の詩より）

元々オイラの記憶媒体に存置の女の泣き声はと言えば次の如きもの。

△ワンワン泣く。
△シクシク泣く。
△ピイピイ泣く。

△オイオイ泣く。
△ウエンウエン泣く。
△ウォーンウォーン泣く。
△アーン、アンアン泣く。
押し入れの壁越しに漏れ聞こえる異音は此れ等何れの範疇にも属さなかった。

それでも気を取り直し頭を真っ更にして再度活字に立ち向かおうとした。

だが例の異音の余波が尚も三半規管に漣立った。

黙殺しようと焦れば焦るほど愈々以て粘っこく（しつっこく）纏わり付いてくる。

如何にもセセラ笑う様に間断なく御邪魔虫を続ける。

完全に締め出すのは相当厄介だ。

都会暮らしは好むと好まざるとを問わず且つ又良きにつけ悪しきにつけ多かれ少なかれノイズは不可避的に忍び入る。

耳障りが宜しくないからと言って逐一過剰反応し取り乱していては到底読書抔覚束ない。

都会での身過ぎ世過ぎには或る程度の神経の図太さと言う身銭の持ち合わせが欠かせな

い。

中高を通してナガラ族を標榜してきた身には多少のノイズの攻勢は何程のこともない筈なのだが。

ところがどっこい例のノイズは〈くの一〉宛ら縄抜けの術を以て壁越しの隙間を巧みに突きオイラの耳孔まで罷り越す。

到頭読書の中断を余儀なくされる。

ハッキリしていることはノイズの震源が隣室に他ならないことだ。

ノイズの伝播経路を考えると。

隣室から漏れ出たノイズは隣り合わせの部屋同士の中間に介在する階梯の天井裏伝いに流れ流れて程なくして我が部屋の押し入れへと迷い込む段取りだ。

聖地を経巡りて来たりし遠来の巡礼人、休まれよ、いざ。

☆

危うく恥曝しをやらかすところだった。
抑　当時のオイラの知識では泣くと言う感情表現は悲しみを示す以外の何物でもなかった。

換言するならば歓(よろこ)びとは無縁である旨信じて疑わなかった。
寧(むし)ろその反語だと取った。
だからして隣室のノイズに就(つ)いても端(はな)っから悲しみの泣き声と決めてかかった。
「女の涙にだまされるな
　女の涙は悲しいふりをして流す空涙
　女の涙は嬉しいふりをして流す嬉し涙
　女の涙は悔しいふりをして流す悔し涙
　女の涙は同情したふりをして流す貰い泣き
　女の涙は有り難がるふりをして流す有り難涙
　女の涙は何かを得たいときに流す嘘泣き
　女の涙に、ご用心、ご用心」
夙(つと)に男女の在室は知っていたから多分痴話喧嘩の縺(もつ)れから到頭感極まって女子(おなご)が泣き出した。
とまあそんな想定を思い描いた。
当たらずと雖(いえど)も遠からずと高をくっていた。

女子の泣き声が依然として止まなかった。
為にガラでもなく次第に義憤に駆られた。
（弱い者苛めは大概にしろ）
早くも侠気気取りの口吻を漏らす。
〈弱き者よ、汝の名は女なり〉
シェークスピアだって斯く言ってる。
昨日も健さん（高倉健）の弱きを助け強きを挫く任侠映画「昭和残侠伝」を一駅行った
高円寺の映画館にて観てきた許りだ。
毎度乍ら劇中の健さんは嵌まり役の花田秀次郎に成り切っていた。
　義理と人情を秤にかけりゃ
　義理が重たい男の世界
　幼なじみの観音様にゃ
　俺の心はお見通し
　背中で吠えてる唐獅子牡丹
主題歌を口遊び昂奮覚め遣らぬ余韻のなかオイラをして更なる行動に拍車をかける。

押し入れを出、部屋も出、不埒者の所行を窘め譴責す可く隣室の前に立つ。

今や単身捨て身で敵対する一家に敢然と乗り込む花田秀次郎の心境だ。

逸る心。

今にもどんどこ戸を敲こうと身構えた。

早花田秀次郎そのものだ。

だが、
振り上げた右拳、
その矛をいったん収める。

何か躊躇われる気配を感じ取った。

事情変更の徒ならぬ兆候を嗅ぎ取った。

有り体に言うなら〈山本七平〉言うところの〈場の空気〉て奴だ。

逸る気持ちを白けさせるほど物音一つしなかった。

さては勘づいて取り止めたか。

何やらドア越しに外の容子を窺う息遣いのような緊迫感がドアの内側から伝播してくる。

まやかしの静けさ。

実相が透けて見える。

室内の男女が息を潜めてドアの前で立ち聞きする人影に聞き耳を立てている。

そんな構図が見え隠れする。

静けさの舞台裏の内と外とで虚々実々の駆け引きの競演が。

泣き声が止んだと言うことは痴話喧嘩が一旦収束したと見ることも出来る。

其処へノコノコ出向いては「どの面下げて何しに来た？」赤っ恥をかく羽目に陥りかねない。

事ここに至って俄然バツが悪くなり慌てて押し入れに舞い戻る。

斯くして怪我の功名と言おうか読書の再開が叶った。

御陰で安んじて読書に身が入る環境が恢復した。

終わり良ければ凡て良しとしよう。

☆

其の後も略週一回の割合で例の〈泣き声〉は内耳に釣果宜しく引っ掛かってきた。

唯前回とは次の一点が違っていた。

音域の調子に微妙なズレが。

譬えて言うならば〈セレナーデ〉から〈ノクターン〉に転調した感じだ。

となると〈泣き声〉の主は別人か。

取っ替え引っ替え入れ替わり立ち替わり女子と密会を重ねていると言うことか。

その所為で又ぞろ件の荷厄介な〈泣き声〉に悩まされる羽目に立ち至った。

彼れ此れするうちに朗報と言えば聞こえがいいが何のことはない。

遅きに失した感は否めないものの漸くにして件の〈泣き声〉の実相を理解するに至った。

〈時に嬉々として涙する者よ汝の名は女なり〉

此の一大発見によりオイラの女性観はコペルニクス的転回を遂げた。

　月も朧に白魚の、篝も霞む春の空、
　つめてえ風もほろ酔いに、
　心持ちよくうかうかと、浮かれ鳥のただ一羽、
　塒へ帰る川端で、棹の雫か濡手で粟、
　思いがけなく手に入る百両。

略

こいつは春から縁起がいいわえ。

（「三人吉三廓初買」河竹黙阿弥）

翻ってオイラが如何に無知蒙昧から脱したかに就き次に其の端緒を披瀝する。

〈嬉し泣き〉

つらつら思うに我が辞書からスッポリ抜け落ちていた。

〈悲しいから泣く。嬉しいから笑う〉

斯く信じて疑わなかった。

そうした矢先に部の先輩から助言を受けた。

「貴君は〈朝日ジャーナル〉を愛読してる？」

「いいえ」

「だったら〈平凡パンチ〉は？」

「いいえ」

「そいつはあかん。大学生の必読雑誌やで。せいぜい愛読せな、時代に取り残されるで。だいいち肩身が狭いやんけ。大学生のモグリと後ろ指を指されても申し開きがでけんわな」

「はあ」

如上の雑誌に無縁のオイラとしてはお説拝聴するっきゃなかった。

早速目白駅最寄りの目白通りの書店に飛び込んだ。

両雑誌を代わる代わる手に取ってみた。

「朝日ジャーナル」は見るからにお堅そうな内容。

此れに比して「平凡パンチ」は軟派ネタが目白押しで取っ付き易そう。

表紙絵も人気イラストレーターを採用。

グラビアには女優のセミヌード。

特輯も「女の子の誘い方」「初めてのエッチ」等々男性（若者）向け雑誌ならではの盛り沢山の記事が満載だ。

何を隠そう、オイラも性への興味と関心にかけては人後に落ちない積もりだ。

勇躍して東都に出てきて急速にませたことは否めない。

其れ迄の性的知識は寒心に堪えなかった。

小学生時（高学年）から既にセンズリは覚えていたものの二十歳近くになる迄赤ん坊の出所に就き大いなる思い違いをしていた。

真っ二つに割れた桃の中から元気溌溂の桃太郎が誕生。

其れと同様に赤ん坊も母親のお腹が割れて中から出て来る。

よもや信じられないと仰る向きも有ろうかと思われるが当時は其の程度の知識に過ぎなかった。

膣口と尿道口が隣り合う彼処から産道伝いに「はい今日は」だなんて信じられる？

よもやまさか幾ら何でも。

驚き桃の木山椒の木だ。

（何で、あんな手狭なブラックホールから凡そ三千グラムの量感のあるものが抜け出てこられるんだよ。おかしいじゃないの。出てこられたとしたら、そりゃあマジック以外の何物でもないわい）

多少なりとも産科の知識を得た只今でも面従腹背の信じ難い思いに変わりはない。

此の程度の豆知識であってみれば況してや交媾の仕方など知る由もなかった。

事程然様に性的知識に就きスッカリ乗り遅れを取った。

早い話が〈ネンネ〉の域から一向に進化を遂げていなかった。

無理もない。

何しろ親を始めとして周りも性教育には不熱心。

いや、てんで無関心。

取り分け親は其の最たるものだ。

成る丈(たけ)先送りするに如(し)くはないと秘密裡に談合する始末。

「どうせ盛りのつく年頃になれば自然分かること。何も今慌てて寝た子を起こすような愚を犯すこたあない。このまま、ずうっと寝かせておくことにしよう。その方がよっぽど安心だ。下手に寝た子を起こして何か悪さでもされた日には親もとばっちりを食う羽目(はめ)になる。そんなの御免こうむるよ。出来る限り〈ネンネ〉の状態を引き延ばし時間稼ぎをするのが一番だ」

☆

周(まわ)りの大人の無理解と日和見主義により御陰(おかげ)で性的には随分と立ち遅れた。

何奴(どいつ)も此奴(こいつ)も事(こと)が性に波及するや敬(けい)して遠ざける姿勢に終始した。

真面(まとも)に取り合おうとしない。

となれば独学で学ぶっきゃない。

捨てる神あれば拾う神あり。

大学に入って〈平凡パンチ〉が蒙(もう)を啓(ひら)いてくれた。

迷える小羊を迷妄から導いてくれた。

記事の内容が何処まで正鵠を射ているかは別として手っとり早く性的知識を得るには手頃で格好の重宝な手引書的雑誌と言えた。

頁を繰っていて次なる記事に遭遇した。

得てして感度良好な女の子ほど絶頂に達するや所謂良がり声と称する妙なる楽の音を奏する。深奥から汲めども尽きせぬ官能が湧き上がり込み上げてくる。ためにビブラートをかけたような感に堪えない切れ切れの桃色吐息を発するに至る。時として虎落笛よろしく啜り泣くような調子に聞こえる。

（えっ啜り泣くだって）

即座に心当たりが閃いた。

早速過日隣室から漏れ聞こえてきた音調と摺り合わせてみた。
△ワンワン泣く。
△オイオイ泣く。
その種の声とは似て非なる。

どちらかと言うと啜り泣きに近い。

（さては良がり声だったか。女奴泣くどころか欣喜してたとは。うまうまと騙されたわい。騙した女が悪いのか。それとも騙されたオイラが浅はかだったのか。いやはや無知とは恐ろしい。うっかり隣室に立ち入ってとんだ赤っ恥を掻くところだった）

〈平凡パンチ〉と言う一雑誌がオイラの無知に斧鉞を加えてくれた。

導きの錫杖となって警鐘を鳴らしてくれた。

☆

其の日を境にして如上の泣き声に対するオイラの対応が一変した。

男女同衾の微かな気配すら遣り過ごすまいと心した。

唯の一声さえ聞き逃すまいと神経を尖らせ身構えた。

餓えた獣宛らに。

さてと押し入れの隣室側の壁越しに身動ぎもせず聞き耳を立てた。

一声たりとも聞き漏らすまいと意気込んだ。

今か今かと待ちもうけた恰度そのとき。

女の華奢なクグモリ声が。

其れも間歇的に低く籠もって。

而して其の実体は。
或るときは切なげに。
又或るときは蠱惑的に。
して又々或るときは顫うように撓うように歔欷の啜り上げが。
更には余韻を引いて。
此処に来て確信した。
妙なる歌会始めの開演を。

あはれ、聴け、光は噎び、
海顫ひ、清掻焦がれ
眩暈めく悲愁の極、
苦悶そふ歓楽のせて
キユラソオの紅き帆ひびく
（「邪宗門」北原白秋）

さあさあ御覧じろ。
△此れぞ正しく嘉するに足る妙音。

△殿御を惹き付けて止まぬ煽情音。
△煩悩の焔を擾乱する劣情音。
△幽艶にして熾盛なる欲情音。
△醇風美俗を攪乱する色情音。
△鬱勃たるパトスを胚胎する発情音。
オイラが如上の歌会始めの参会者なら彼の〈淫音〉に是非にも一票を投じたいところだ。

茲に伏して申し上げる。

後年数知れぬ〈良がり声〉に遭遇する栄に浴したが其の音色・音質・音調に於いて弥増さる手のものは件の〈淫音〉を措いて他に例を見ない。

〈女は悲しいときに泣く〉

から
〈女は嬉しいときにも泣く〉

へ。

斯様に蒙を啓いたことにより遅きに失した感は否めなかったものの漸くにして〈ネンネ〉の旧態を脱することが出来た。

御陰でオイラの〈エロス係数〉がバージョンアップしたこと請け合いだ。

☆

扨例の〈淫音〉に魅せられるうち次第に商売っ気が頭を擡げた。
流石は商人の伜だけあって一山当てようとのヤマカンは人並み以上だ。
妙音を此の儘聞き流し捨て置くのでは如何にも（余りにも）勿体ない。
かつて面白く読んだ野坂昭如氏の『エロ事師たち』も与って力があった。
件の〈淫音〉を録音した上カセットテープに複製して売りに出す。
小遣い稼ぎぐらいにはなるかも。
手前味噌の期待感が俄然湧いてきた。
固よりウリの給源は〈淫音〉に他ならない。
其の肝心の〈淫音〉はロハで供給される。
此の種の旨い話は又とない。
無論盗聴となれば倫理上その他において感心しない。
されど悪用にもピンからキリまで存する。
相手に気付かれぬ限り知らぬが仏の裏面も見逃せない。

更には相手の気分も損じない（害さない）で済む。

亦(また)オノマトペに近い〈淫音(いんおん)〉から声の主(ぬし)を割り出すことなど到底不可能だ。

盗人猛々(ぬすっとたけだけ)しい旨重々承知の上で敢(あ)えて言わせて貰(もら)うと此の程度の悪さは大目に見てほしい（見逃してほしい・お目溢(こぼ)し願いたい）。

☆

思い立ったら即実践躬行(きゅうこう)。

早速(さっそく)大人の玩具屋(おもちゃや)へ走った。

店内に一足踏み入れた途端に異様な雰囲気に襲われる。
△張(は)り形(がた)を象(かたど)った疣(いぼ)状突起付きバイブレーター
△鞭等ＳＭ器具一式
△肉蒲団ダッチワイフ
△女装用セーラー服一揃い
△ピグマリオン用の美少女人形及び其のオブジェ（四谷シモン作を髣髴させる）。
△スカトロジー用の浣腸セット
此(こ)れ等(ら)雑多な諸々(もろもろ)が幅狭(はばせま)な通路の脇に立錐(りっすい)の余地もなく無造作に立て掛けてあったり吊(つ)

り下げてあったりした。

宛ら異界に彷徨い込んだ様な感覚を誘発する。

目眩む許りの妖美幻惑の時空。

暫時幻覚が鎮まる迄品定めが叶わなかった。

数多の商品の山に埋もれ紛れ込んでいたお目当ての盗聴器をやっとのことで見つけ出した。


即刻買い求める。

小型だった所為か思いの外割安で安堵する。

仕様書によれば使用法の概略は左のとおり。
△本体はポケベル大。
△コード付きマイクとイヤホンを本体にセット。
△同時に本体をカセットデッキにも接続。
△次いで壁等にマイクを押し当てて本体及びカセットデッキをスイッチオン。
爾後自動的にカセットデッキにセットのテープに壁の向こうの音声を録音。

後日録音済みのテープを複製の上〈比類ない閨の愉悦卑猥生声を余すところなく網羅し

た迫真のエロテープ〉とでも銘打って夜の盛り場辺で酔いどれに売り付ける。
とまあ大雑把な青写真を思い描く。
何しろ元手と言って主に盗聴器とカセットテープの費用ぐらいのもの。
正に坊王丸儲けだ。
商いのイロハから措定しても勝算は充分見込める。
テープが順調に売り捌ければ投下資本の回収も短期間で済む。
然うなれば後は売れる分だけ利潤（儲け）を懐にすることが出来る。
ウハウハ。
今から笑いが止まらんわい。
万一思うように売り上げが伸びなかったとして。
だとしても然程の痛手を被らぬ筈だ。
だったら此処ぞと許り商機を当て込んで一発勝負に打って出る価値は存分に有る。
山師根性丸出しで。

☆

虎視眈々と妙音録音の好機到来を窺う。

今じゃ件の妙音は〈金のなる木〉そのものだ。

尤も貴方任せの不確定要素の多いのが玉にキズ。

密会が何時実行の運びとなるのか全く以て予断を許さないのが何とも歯痒いやら悩ましいやら。

畢竟するに待ち惚けを食う羽目になることも度々だ。

オイラの心境は言うなれば今や遅しと旦那の訪いを待ち設ける囲い者と比べても遜色がなかった。


何はともあれ密会の機会迄忍の一字。

只管唯々一途に待ち侘びる。

軈て焦れて待ち草臥れて日が暮れて。

いい加減うんざりだ。

『蜻蛉日記』の作者・藤原道綱の母の心境もこんなか。

彼女も又待つ身の辛酸を存分に嘗めた王朝女流文学者の一人に他ならない。

夫・兼家（藤原）の訪う日を身悶えし乍ら待ち焦がれていたっけ。

恨み言の一つも独語しつつ憂き夜を綿々と日記に書き綴っていた。

まてど　くらせど
こぬひとを
宵待草の
やるせなさ
こよいは月も
でぬそうな

類は友を呼ぶ。
斯く謳う竹久夢二も如上の系譜に繋がる眷属の一人に相違ない。

☆

相も変わらず押し入れに入り浸る日々。
然れど待ち人来たらず金蔓来たらず。
早二週間が閲した。
其の日も何時しか待ち尽くしてトロトロし出した。
プカリ羊水に漬かりユッタリ構えた胎児宜しく心地良い睡魔に魅入られた。
暫時白河夜船を決め込む。

畢竟其の日も骨折り損の草臥れ儲けに終始した。
来る日も来る日も肩透かし。
空振り。
切歯扼腕の日々が続く。
（待てば海路の日和ありなんて全くの嘘っぱち出鱈目だ）
そんな或る日の寧日。
階段の踊り場付近が何やら騒がしい。
複数の人声が交錯する。
時折間歇的に甲高い罵り声の鍔迫り合い。
朝っぱらから何事ぞ。
各々方本日は安息日で御座るぞ。
ちと喧しく度が過ぎる。
静粛になされい。
とは言うものの元々ミーハーの気の有るオイラのこと聊か好奇心をそそられる。
火事と喧嘩は江戸の華。

仲裁に入るどころか此処（ここ）は一つ高みの見物と洒落（しゃれ）込むことにしよう。

とばっちりを食わぬよう遠巻きにし乍（なが）ら。

取り敢えず室内のドア付近で聞き耳を立てる。

扨（さて）此れより修羅場一幕の開演だよ。

さあさあ御用でない方は耳の穴を掻（か）っぽじって篤（とく）と盗み聞け。

其の時聞き覚えのある声が。

（大家）ちょいとドンチャン騒ぎの度が過ぎやしねえかえ。

（店子）相済みません。何卒（なにとぞ）今回に限りお目溢（こぼ）しを。堪忍してください。

（大家）いや今度という今度は堪忍ならねえ。

（一オクターブ上がる大家の胴間声（どうまごえ））

（大家）見知らぬ御仁（ごじん）がこうも入れ替わり立ち替わり出入りするたァどういうこった。御（ご）法度（はっと）のはずじゃなかったんですかえ。

（店子）大家さんの言い分は一々（いちいち）ご尤（もっと）も。返す言葉もありゃしません。なれど着の身着のままで追い出しを食った日にゃ身の置き所がありゃしません。この身を哀（あわ）れと思（おぼ）し召（め）して今一度一掬（いっきく）のお情けにお縋（すが）りしたいようなわけでして。

（大家）おやおやお次は泣き落としときたかえ。てやんでえ。それと言うのも元はと言ゃあ身から出たさびじゃないかえ。〈その手は桑名の焼き蛤〉とソックリその儘そっちにけえしてやらあ。

（よっぽど腹に据えかねているのか大家は更に言の葉を継ぐ）

（大家）こればかりじゃねえやい。知らざあ言って聞かせやしょう。舌先三寸じゃ二度とドンチャン騒ぎの体たらくはしない旨ぬかしておきながらその舌の根も乾かぬうちの何処吹く風ときた。喉元過ぎりゃあ何とやら。どうせホトボリが冷めるのを待って又ぞろドンチャカ騒ぎのし放題をやらかそおって寸法だろうがそうは問屋が卸さねえやい。こうまで入居時の約束事（迷惑行為の厳禁）を反故にされたんじゃ疾うにコチトラ堪忍袋の緒が切れてらあ。店子は子も同然としがねえ情けをかけたのが仇。こいつは春から縁起が悪いわえ。

大家の舌端からは滑舌がいい歌舞伎口調の口上がドンドコ躍り出た。

端っから鞏固な不屈の姿勢を崩そうとしなかった。

此の気魄に気押されてか詰まりは退去を押し切られた格好だ。

退去を言い渡される迄は借りてきた猫並みに低姿勢に終始したものの最後は馬脚を現し

て聞くに堪えない捨て台詞と悪態とを置き土産に渋々引き払った。

斯くしてオイラの儲け口も儚い一場の夢と化した。

後には回収見込みの立たぬ固定資産（盗聴器・大量のカセットテープ）だけが取り残された。

〈捕らぬ狸の皮算用〉

此の箴言を金科玉条の戒めとしてもっと噛み締める可きだった。

なれど凡ては後の祭り。

三　初舞台

地球は公転もすれば自転もする。

其の顰みに倣えばオイラも居住近辺を徘徊自転し延いては大学に足を伸ばし公転もする。

水無月（六月）に入って部の様態も薄々仄聞するに至る。

其れによれば部の方針を巡って現有部員間で色々と確執が有った模様だ。

卯月（四月）からの部の布陣は総勢六人（先輩が二人、新人が四人）の員数構成。

先輩部員は驚く勿れ四年生だけときた。

二年生と三年生が虧ける。

寔に以て歪な部の構成だ。

部室に存置の会報（年一回発行）の会員名簿を繙読した限り二年生と三年生の複数人の在籍も認められた。

然れど名簿上（形式上）在籍しているだけで現在部活動休止状態だ。

彼等が部に寄り付かなくなった原因の一端はどうも現先輩（二人）の一人の頑迷固陋に有るらしかった。

内紛があって意に染まぬ連中が部を去っていったようだ。

部の分裂を招来した張本人のプロフィールを挙げると（主に外見の特徴から）。

△薩摩隼人

△毬栗頭

△浅黒い膚

△角張った鰓の張った顔相

△四角い黒縁の眼鏡

△堅肉のズングリムックリ体型

△怒り肩

△猪首

△ギョロ目

△学ラン常用

△荒法師然とした風貌

諸賢は件の摘示から推して如何なる人物像をイメージ為さるや。

此れ程の旗幟鮮明な摘示を付与されれば余人の人物像造型に就き遺漏無きものと心得る。

今以て旧制高校の遺風の余波をティピカルに留めるとともに衣鉢を継ぐアナクロの御仁は彼の先輩を措いて適任者は存せぬに違いない。

此の一寸見は厳つい面構えから推してオイラがいの一番に想定する人物はと言えば漱石（夏目）の名品『坊ちゃん』に登場の数学教師の俗称〈山嵐〉だ。

然りながら実際の彼の先輩は件の予断とは案に相違して随分と異なる印象を刻んだ。

新入部員に対しては先入観と違って余程愛想が好かった。

勘繰れば〈作り愛想〉の感無きにしも非ず。

それもその筈。

現有部員が反目相剋の末一人去り二人去りして部存亡の瀬戸際に立たされたとあっては心中穏やかじゃなかった筈だ（流石の猛者も切羽詰まっていた筈だ）。

部員の空洞化が生じた以上部の存続を図るには新入生の入部で埋め合わせる外ない。

新入部員の供給補填なくば部の命脈も尽きる。

明年卒業して部を去る者に取っては心胆（しんたん）を寒からしめる由々（ゆゆ）しき事態だ。

リーダーとして部を一つに纏（まと）めることが出来なかった不徳は否（いな）めないにしろ。

それはそれとして喫緊（きっきん）の課題は部員の確保に他ならない。

其の為には背に腹は代えられない。

元々政治的配慮とは無縁の腹芸の一つも出来ぬ不器用な先輩が形振（なりふ）り構わず政治的に動いた。

その成果が例の愛想（あいそ）となって表れた。

先輩の苦しい胸の内を忖度（そんたく）すると当たらずと雖（いえど）も遠からず。

☆

先輩の熱血勧誘が稔（みの）って四人の新入部員をゲットした。

首夏（しゅか）の候遅蒔（おそま）き乍（なが）ら新入部員歓迎コンパが目白通りの沿道に店舗を構える鮨店〈キカク〉に於いて執（と）り行われた。

麦酒（ビール）とやらを初めて喫（きっ）した（正確には二度目）。

味蕾（みらい）にホロ苦さが染み込む。

梅雨時（つゆどき）の渇いた喉には程好（ほどよ）く冷えた麦酒（ビール）が太宰治の『富嶽百景』に表現された月見草な

んぞより余っ程似合ってる。

実を言うと小学生の時分好奇心から一度麦酒に食指が動いた。

客人が余りに旨そうに喫するのを瞥見して辞去後飲み残しの麦酒を本の軽い気持ちから試しに一口含んでみた。

（ウヒャッ！）

生温くて苦くって御負けに不味い。

吐瀉したいところを辛うじて飲み干した。

大人は何でこの種の不味い飲料を喫するのか気が知れなかった。

麦酒とはあれ以来の御目文字だ。

味覚とは声変わりするみたいに年齢によって様変わりするものらしい。

扠荒法師先輩は拍子抜けするほど下手に出た。

「諸君こそ我が栄えある坐禅部の将来を託すに足る有為の春秋に富んだ人材に他ならない。諸君も薄々ご存じと忖度するが憂慮は唯一つ。我等無き後の部の行く末だ。是非我等の意のあるところを汲み取っていただき部の存続を図ってもらいたい。伏してお願い申す。諸君に部の後事と命運を託したい。坐禅部創部以来過去幾多の先輩遺賢が部室及び禅堂の創建に携わり精励恪勤の末築造に漕ぎ着けた。此の栄えある法灯が構えて潰えることの無きよう更に進化伸展させて貰いたい。部の浮沈はひとえに諸君の双肩にかかっていると断じても決して過言ではない。何卒よしなに」

小宴の初っぱなから部の生き残りを賭けた涙ぐましい迄の魂魄を込めた訴え。

何ともはや持ち重りのする話だ。

「わしからも頼む」

傍らのもう一人の先輩「紳士居士（渾名）」が後押しする。

荒法師の陳情の間立候補者の応援宛ら合いの手を入れ乍ら四人の新入部員に麦酒を注いで回った。

此の二人は何も彼も対照的だ。

喧嘩っ早く事あるごとに他者と衝突し波風を立てる荒法師に対して片方の先輩は余程神経が行き届き周囲の情勢の掌握にこれ努めて止まぬ能吏型の人物だ。

誰であれ分け隔てなく万事にソツが無かった。

詰まりは利害調整に長けていて部の幹事長役に打って付けの人。

コンパに於いても座を盛り上げる裏方に徹した。

他の部員が荒法師と部の方針を巡って対立し離反していくなか彼だけが部に留まった所以も彼の酸いも甘いも噛み分けた人柄が大いに与って力があったことは否めないところだ。

荒法師も又彼の心遣いを意気に感じて彼を〈さん〉付けで呼ぶ抔彼を心頼みにした。

畢竟するにタグを組んだ二人の形振り構わぬ姿勢と熱意が結果的に部の存続に当たって功を奏した格好となった。

☆

遊びをせんとや生れけむ
戯れせんとや生れけむ
遊ぶ子供の声きけば
我が身さへこそ揺るがるれ
（梁塵秘抄）

宴も酣となって皆のメートルも上がりっ放し。

微醺を帯びた「陸奥の酒呑童子（既述の彼氏の渾名）」が早くも余興を披露する。

立ち上がるや少々ふらつき加減で拳を振り翳し高歌放吟。

「やって来るぞといさましく
ちかって家を出たからにゃ
せがれ何処へ行く青筋立てて
畑の芋を掘らずして
なんで帰らりょか」
「イヤイヤイヤイヤみんなイヤ
あなたのすることみんなイヤ
イヤでないのはただ一つ
あたしの畑の種まきよ
　朝立ち昼立ち夕立ち三度の立ち比べ」
陸奥(みちのく)の酒呑童子(しゅてんどうじ)の口をついて出るは引きも切らず春歌(しゅんか)のオンパレード。
「軍国主義復活反対」
「平和憲法を遵守せよ」
「復古調の懐古趣味粉砕」
誰かが茶々を入れる。

次いで群馬出身の「空っ風居士（渾名）」が藤圭子オンリーの演歌三昧と来た。
空っ風居士は藤圭子の熱狂的な大ファン。

何処で生きても風が吹く
何処で生きても雨が降る
何処で生きてもひとり花
何処で生きてもいつか散る
（「女のブルース」藤圭子）

「よう、演歌の星の下に生まれたお兄ちゃん！」
又誰かが囃し立てる。
そんな歌声に釣られて紳士居士も歌い出す。

一つと出たワナ　ヨサホイノホイ
ひとり娘とやるときは　ホイ
親の承諾得にゃならぬ　ヨサホイノホイ
二つと出たワナ　ヨサホイノホイ
ふたり娘とやるときは　ホイ

姉の方から義理でせにゃならぬ　ヨサホイノホイ
三つと出たワナ　ヨサホイノホイ
みにくい娘とやるときは　ホイ
顔にハンカチ被せにゃならぬ　ヨサホイノホイ
（春歌より）

とまあ臆面もなく遣り出した。直ぐ様反響があった。
「今すぐ紳士の肩書きを返上しろい」
悪びれるふうもなく長野出身の「信州の代貸し（渾名）」も呼応する。

チンカラカンカラ
学校さぼって
目白を行けば
ポン女（日本女子大の学生の略称）のお姉ちゃんが横目でにらむ
やりたいなやりたいなやりたいなやりたいな
ポン女のお姉ちゃんとお勉強やりたいな
（春歌より）

荒法師も十八番を歌い終わり残るはオイラ一人となった。

「しんがりは蝦夷のチュー助に任せたぞ」

陸奥の酒呑童子の肝煎りとあっては後へ引けない。

因みにオイラの渾名命名の由来は北海道（蝦夷）の子年（鼠年）の男子（チュー助）と言う意味らしい。

「じゃあ折角のご指名なので。ええ本席はご多忙中にもかかわらず私めのために各位におかれましては斯くも多数ご列席頂き誠にもって……」

「おい勘違いすんな。おまえの祝いの席じゃねえぞ」

「あ、そうでした。ちょいとばかし悪酔いしたようでして」

「しっかりしろい」

「活を入れて頂きありがとさんです。では改めまして。ええ甚だ不束者では御座いますが末永くお見知りおきください」

「それじゃあ丸っきり花嫁御寮の口上じゃねえか。嫁に行きたいのか。オカマかよ」

「不肖わたくし、これまで幸いにしてオカマを掘ったことは御座いませんので誤解なきよう。では再度改めまして。ええ思い起こせば末は博士か大臣か青雲の志を抱いて故郷を後にし勇躍東都へ出て早(はや)二月余」

「長(なが)っ尻(ちり)のトンチンカンな前口上(まえこうじょう)はその辺にしてさっさと肝心の歌をやんな」

「歌だよ歌っ」

　誰もが苛(いら)ついていた。

「では本(ほん)のお口汚(くちよご)しから。チャラチャラ流れるお茶の水イキな姐(ねえ)ちゃん立ち小便結構毛だらけ猫灰だらけお尻の回りは糞だらけヤケのヤンパチ日焼けのナスビ色は黒くて喰いつきたいがアタシャ入れ歯で歯が立たないよ」

「なんでえ車寅次郎(くるまとらじろう)氏の香具師(やし)口上(こうじょう)じゃねえの」

「これは本(ほん)の呼び水でして」

「勿体(もったい)つけやがって、このう」

「はい、それじゃあ」

　オイラは漸くにして歌い出した。

　　シュルルルル　シュルルルル
　　シュルルルル　シュルルルル
　　ヘヘヘヘヘ　ヘヘヘヘヘ

ヘヘヘヘヘ　　ヘヘヘヘヘ
プップップップ
プップップップ
ブブブブブ　　ブブブブブ
シュルルルル　シュルルルル
シュルルルル　シュルルルル
「何じゃい、そいつは」
一同あんぐりポカンとしている。
「まあ最後までご静聴くだされ」
オイラは続きを歌い出す。

解き放たれた　　　　そのときに
息は　　　　　　　　止まるの
臭(にお)いのない　　　　　世界に
わたしは　　　　　　逃げるのよ
臭(にお)いはながれず臭(にお)いは消えない

音無しの透かしっ屁　広がるだけ
そのときに　　　わたしの
息は　　　止まるのよ
息は　　　止まるのよ

「そんな歌あったかよ」

無くて七癖無くて当然。

何しろオイラの即興の歌だもの。

「今思いつきました。〈オナラのうた〉と申します。これをご縁に何卒末永く愛唱歌として口ずさんでやってくだされ」

☆

部員全員地方出の重篤の金欠病の身。

小宴に於いて鯨飲馬食を恣にしたお蔭で勢いは付いたものの如何せん悲しい哉挙って二次会に繰り出す軍資金が底突き欠乏症の惨状を呈する。

「ではサラバ各々方よ。暫しの別れで御座る」

名残惜しみつつも敢えなく散会散華とあいなる。

銘々己が塒へと散り散りに。

オイラの同行は奇しくも荒法師。

双方の塒は中央沿線の〈中野〉と〈阿佐ヶ谷〉だ。

となれば中野迄の行程はいやも応もなく道連れを余儀なくされる。

旅は道連れ世は情け。

まあ此れも一興ならん。

目白から新宿迄山手線に乗車し新宿から中央線に乗り換える。

新宿駅で降りたはいいが荒法師は中央線とは逆のあらぬ方向へ。

あれよあれよというまに東口の改札口を擦り抜けていく。

さても荒法師は何処へ繰り出す存念なりや。

(ひょっとして御馳走にありつけるやも)

さもしい餓鬼道がニョキニョキと。

此れも偏に金欠病の成せる業かしらん。

(もち先輩だもの。更なる剛腹を見せてくれるはず。先輩としての面目をかなぐり捨てて、あろうことか、後輩にたかる仕儀にはよもや出るまいて)

何事もオプティミズムがオイラの唯一の取り得。

荒法師は先行する許りで今以て行く先を告げない。

すたこらさっさと唯我独尊に歩を運ぶ。

相変わらずのゴーイングマイウェーを決め込む。

「御主何方へ？」

到頭痺れを切らして声を発する。

「新入部員の癖してぞんざいな口をきくな」

叱声が飛ぶ。

「ははあ非礼の段平にご容赦あれ。もとより拙者に他意は御座らぬ。さて今宵はハレの日。天下御免の無礼講。此の旨よくよく翫味すべきかと。少々の羽目外しは何卒お目溢しを」

荒法師は御託を並べるオイラを尻目に東口を出るや明治通りを抜けて、な、な、何とまあ〈歌舞伎町〉へと折れた。

〈歌舞伎町〉と言えば日本有数の歓楽街にして不夜城を誇る。

言うなれば〈午前様〉の街に他ならない。

一夜に落ちる銭一夜に飛散するスペルマともに数知れず。
「つべこべぬかさず黙ってワシに付いて来い」
ヨウ其の一言待ってました。
何ともまあ心強い頼もしいお言葉ですこと。
五臓六腑に染み通りますぞ。
東京五輪で女子バレーチームが金メダルの栄に浴したのも元はと言えば偏に鬼の大松
（博文）監督の「黙ってオレに付いて来い」の叱咤激励の一喝が有ったればこそ。
其の調子で遊興費の方も一つよしなに。
大船に乗った気でいますからね。
後で割り勘だなんて吝嗇臭いこと言いっこなしですよ。

有難や有難や　　　　有難や有難や
腹がへったら　　　　おまんま食べて
寿命尽きれば　　　　あの世行き
酒を飲んだら　　　　極楽行きと
思うつもりで　　　　地獄行き

有難や有難や　有難や有難や

（「有難や節」守屋浩）

☆

それから二、三日して異変が。

矢鱈めったらヘアの辺に掻痒が惹起した。

最寄りの銭湯で患部を丹念に洗う。

其の後暫時様子見。

どうも妙だ。

一向に快方の萌しが見えない。

不安に駆られて今度はしっかり泡立てて強めに拭いてみた。

それでもヤッパシ甲斐無し。

（なんでやねん）

其処で更に膂力を込めて少々手荒く擦ってみた。

何遍反復したこと歟。

お蔭で股間の三角州は赤剥けの体。

骨折りの割に其れに見合う見返りがなかった。

プロレタリアートは搾取（疎外）の憂き目を見る丈歟。

経済学批判（資本論）の〈労働価値説〉は益体も無い曲学阿世の俗論なりや。

既に一週間閲すれども依然として掻痒解消の目処は立たず。

此れ迄の経験則が全く以て凱歌を呼び込まなかった。

対症療法の目鼻が付かないとなれば愈々お手上げだ。

掻痒の加減も虫刺されの類とは異なる。

半端の掻痒では無かった。

今度と言う今度は生っちょろい閾値を凌駕していた。

兎にも角にも痒いのなんの。

掻痒の部位がデリケートゾーンに関することとなれば此れは極め付きの個人情報に属する。

言わば他者の与り知らぬこと。

取り分け掻痒の加減は仮令百万言を費やしたとしても其の説明は曰く言い難い。

ともあれ隔靴掻痒のもどかしさとなれば背に腹は代えられぬ。

愈々堪えかねて自然猿臂が部位に伸びる。
そうして俄然掻き毟る挙に出る。
此れも人情の然らしめるところだ。
　かくすればかくなるものと知りながらやむにやまれぬ掻痒魂
挙げ句ヘアの根太（土台）は惨状を呈する。
再三再四引っ掻いた報いだ。
斯くなれば此れ以上掻くことは罷りならぬ。
最早一個人の手に余る。
となれば親の臑を齧る身親に泣き付くしかない。
蓋し親の救恤を乞うとなればマル秘個人情報にも触れずばなるまい。
　一筆啓上火の用心おせん泣かすな馬肥やせ
今に伝わる夫から妻宛ての簡にして要を得た日本随一短い手紙文。
其の顰みに倣って封書を認める。
　一筆啓上お父お母息災かえ。
　オラも花の都サ来て何とかケッパッとるダ。

何ともはやコッパズカシ限りだども。

どうも業病サ罹っちまったみてえでガンス。

ホラお父お母がよく寝物語にヒソヒソ話をしてたべサ。

悪所通いで亭王がご丁寧にも貰ってきたヤツ（花柳病）をテメエのカカアに移したってヤツだわサ。

お蔭でカカアのお腹のヤヤコ含め一蓮托生の一家全滅テあの話ダ。

オラもどうもソイツに魅入られちまったみてえなんダワ。

このタクランケと怒らんと聞いてヤ。

居直るようだけドなっちまったもんは仕方ないショ。

手遅れになっちまったらソレコソわやダ。

チョベットも親孝行できないべサ。

親孝行したいとき既に倅はネ。

ンダよって治療費すぐサ送ってケレ。

気負い立って書いたもののイザ投函の段に至って出し渋る。

東都（東京）に旅立つに当たり親父から言い含められた垂訓の五戒中〈悪い女に引っ掛

かるな〉に抵触する虞もあった。

殊に母親は文面を見たら即卒倒するやも知れぬ。

亦今以上に事態をややっこしくするのは如何なものか歟。

矢張り考え物だろう。

此処は現場に居合わせた荒法師に相談に乗って貰うに如くはない。

☆

N教授（当時法学部長。相続法の第一人者）の「法学概論」を受講後一旦部室へUターン。

申し遅れたが部室（悟学堂）は恰度鴨長明『方丈記』作中の庵室程の広さ（四畳半）だ。

板敷きに藺草編みの茣蓙を並べ主な調度品と言ったら中央に卓袱台隅っこに老朽化したロッカー（坐禅用の使い古しの袴や小袖が数着ハンガーに吊るしてある）好い加減草臥れた見るからに叩けば埃の立ちそうな座布団が折り重ねて五枚手作りの木製本立て疾うに減価償却済みの茶筆筒。

誠に無愛想殺風景の極みを地で行く。

男許りの部なら然もありなん。

塵埃を被って積ん読の吉川英治『宮本武蔵（全巻中数冊が欠本）』が本立てに。
剣禅一如を求めた武蔵。
だとすると坐禅部の部室に武蔵の本が置いてあっても驚くには当たらない。
第一巻を抜き取る。
埃の微粒子が颯と舞う。
咫尺の空気が心做し歟濁る。
時間潰しに読み進める。
冒頭から惹き付けて止まない。
中々どうして読ませる。
流石は国民文学の巨匠。
ややあって石段を下る徒ならぬ気配がした。
靴底を無闇に打ち据えるガサツな足取り。
ズンズン急迫。
相変わらずの元気溌溂振り。
荒法師殿の御出座しだ。

☆

（此れより掛け合い漫才の始まりい始まりい。とざいとうざい御代は見てのお帰りだよ。
さあさあ何方も此方も耳の穴掻っぽじって篤と御ろうじろ）

突っ込み役（荒法師）／ボケ役（オイラ）

突っ込み役　いやァ恐れ入ったね。まさかよもや貴君が舞台に上がるとはね。

ボケ役　ヤッパリ想定外でしたか。

突っ込み役　それにしてもオッ魂消たわ。目ん玉飛び出るかと思ったよ。だけど貴君は中々どうして勇気があるねえ。誰にもできることじゃない。ワシなんかとてもとても。貴君を見直したわ。偉い凄い立派だよ。

ボケ役　照れ臭いなあ。複雑な気持ちですよ。面映いやらこそばゆいやら決まり悪いやら。翌朝自己嫌悪に陥ってましたわ。

突っ込み役　君ィそれは謙遜と言うもんだよ。ワシのできんことを貴君は平気の平左でやってのけた。もうそれだけで尊敬に値する。ワシはワシのできんことをする者を皆我が師と仰ぐことにしとるんじゃ。貴君は踊り子さんに促されるまま何の衒いもケレンもなく無論躊躇いも無しにだ。すうっと噛り付きの席を立つや颯爽と舞台に上がった。あんときの貴君はいやァ実にカッコよかった。新入生とは思えぬ凛々しさ頼もしさ大人びて見えたよ。

と、其のとき脳中に彼の日の椿事が悪夢のように甦ってきた。

「ええ本日はストリップの殿堂・当劇場迄ご来場頂きまして誠にもって有り難う御座います。此れより当劇場の人気の呼び物・お客様参加ショーの開演で御座います。遠慮してると損しますからね。早い者勝ちなんで我と思わん方はドシドシ舞台へ上がって下さいよ。追加料金一切頂きませんからね。そんな吝嗇なこと言いやしませんからね。安心して上がってきてくださいよ。ロハで別嬪さんのサービスを受けられるんですよ。こんなハッピーなこと滅多にありゃしませんわ。さて幸運を射止める福男は誰なんでしょう？　さあ上がった上がった」

つい場内アナウンスの掛け声に釣られて夢遊病者の如くフラフラと舞台に上った。

「どうやら一番乗りのラッキーボーイは見たところ学生さんのようですね。学生証の呈示を頂ければ入場料も二割引きさせて貰いますよ」

後のことは記憶が定かではない。

跡切れ跡切れにしか。

唯踊り子さんに促される儘下半身剥き身になったこと。
そうして仰向けに寝転ぶよう命じられたこと。
捨て身のフリチンがスウスウしたこと。
斯うした細切れの残影を薄らと記憶に引っ掛けていた。
爾後の顚末の一部始終は無論知る由も無い。
気違い水（酒）の魔性の成せる業としか言い様が無かった。

突っ込み役　それにしても初っぱなから舞台に上がるなんてホントに大したタマだぜ貴君は。悔しいね。何時かワシもと思ってたけど後輩に先を越されちまったよ。ああ情けない。

ボケ役　なあんだ先輩も狙ってたんですか。隅に置けませんねえ。

突っ込み役　噛り付きに陣取って今日こそは今日こそはとね。だけど最高学府のプライドってやつが邪魔しやがってな。一歩が踏み出せなかったよ。

ボケ役　とどのつまり『チャタレイ夫人の恋人（ロレンス）』の樵（＝野性）になりきれなかったってわけですか。

突っ込み役　貴君は文学に造詣が深いと見えるね。

ボケ役　なあにダイジェスト版で触りを齧っただけですわ。たしか受験雑誌の付録だったっけかな。

突っ込み役　貴君が舞台に上がるのを目の当たりにしてワシは実感したね。あのときの貴君は禅の精神を明らかに体現していたとね。舞台に上がった際の貴君の心象をつらつら惟んみるに恐らくだね風や河の流れのように一切の自力や拘りが立ち消えて無為と忘我の境にあったんじゃないのかな。だからして我なきに等しくスウッと舞台に上がれたってわけだ。行住座臥禅の精神此れ有りだよ。禅の精神は何も浮世離れした高踏的な領野に存するわけではない。平素の生活の中にこそある。大学生ともなればプライドが邪魔して中々舞台に上がれるもんじゃない。その点貴君は何のケレンもなくプライドをかなぐり捨てて一歩を踏み出した。簡単には出来ることではない。こいつは正しく禅の神髄の体現そのものだよ。

ボケ役　買い被りも大概にしてくださいよ。あんときのボクは夢遊病者そのものでした。ついフラッと訳もなくノンシャランに舞台に上がってしまっただけなんですから。単なる酔漢の戯れですったら。先輩は深読みのし過ぎですわ。小田実の『何でも見てやろう』に触発されただけですよ。東都に出た暁には犯罪以外何でも経験してやろうと思ってましたからね。その機会が早々と巡ってきたというわけですわ。そこへ持って来て慣れない酒の酔いも手伝ってついつい勇み足に及んだというようなわけでして。

突っ込み役　ほんとかよ。

ボケ役　ほんとですよ。言いそびれてましたけど実はこの件でご相談がありましてね。

突っ込み役　何でも言ってみなよ。

ボケ役　頼もしいなあ。さてと。甚だ言いにくいことなんですが。でも此の際で言い渋るのも何ですから言っちゃいますけど。正直に言って誰彼なしに話せるような内容じゃありませんでして。先輩を男の中の男と見込んで話しますが。そのところよしなに。

突っ込み役　いやに勿体をつけて気味が悪いね。何せ貴君は無我の境地で舞台に上がっちゃう芸当をやってのける奇人だからね。

ボケ役　早速喫緊の本題に入らせていただきます。ぶっちゃけた話実を言いますと此の辺が矢鱈と痒くってドウニモコウニモ堪らんのですわ。

突っ込み役　一体どの辺？

ボケ役　ですから此の辺ですって。

突っ込み役　そう言われてもな。
ボケ役　正直言ってオイラ恥を忍んで打ち明けてます。此れ以上の恥の上塗りは勘弁なすって。何しろ微妙なところでしてね。お察しねがいます。
突っ込み役　そこまで言われりゃ幾ら何でも察しがつくわな。なあんだ御神体の鎮座してるとこかよ。
ボケ役　ご明察。
突っ込み役　で何時から？
ボケ役　つい二三日前からでして。
突っ込み役　して思い当たる節は？
ボケ役　舞台に上がった夜あたりから何やら変なんでして。
突っ込み役　あの日貴君は踊り子さんとチンチンカモカモしてたわな。
ボケ役　で最後の一線越えちゃってましたっけ？　酔ってて良く分かんないんですよ。
突っ込み役　ワシの見たところでは随分と扱いて貰っとったな。羨むほどにね。畢竟するにアカンかったけどな。踊り子さんナンボ骨折ったかてサッパリ応えてくれんゆうて偉くぼやいとったぜ。変や変や連呼してな。ワテの秘術（手技舌技）にかかって随喜の涙零さんかった客は一人もおらんゆうて息巻いとったわ。終いには此の役立たずとヒステリー起こしおったがや。

ボケ役　踊り子さんのメンツを潰してしまいましたか。とんだドジ踏んで何とも面目次第もないことで。オイラとしたことがお役に立てず嗚呼情けなや。

突っ込み役　ワシに謝られてもな。

ボケ役　他に持って行き場がないもんですから。この際指詰めて男のケジメつけさせてもらいますわ。

突っ込み役　東映任侠映画の見過ぎやな。それからな他のお客にも仰山野次られとったぜ。鮮烈デビューを飾った貴君のことだ其れだけ風当たりも又強いっちゅうこった。

ボケ役　迂闊にも何も覚えてやいませんわ。ところで如何なる野次でした？　後学のために聞かせておくんなさい。

突っ込み役　強っての所望とあれば是非もない。では御披露して進ぜよう。

「お若いの冷やかしかい。元気なのは舞台に上がるまでかいな。しょぼくれとるぞい。線香花火と一緒やないか」

「お兄ちゃんの伜、お辞儀の、しっぱなしじゃないの。礼儀正しいのは宜しいけどな。それも場合によりけりじゃわ。踏んぞり返るとこもちっとは見せてみいな」
ざっとこんな風に有ること無いこと好き放題に野次っとったわな。ワシもう見てられんかったわ。
ボケ役　それがまるで記憶にないんですよね。ナルコレプシーにでも罹患しちゃったんですかね。
突っ込み役　知らぬが仏。知らんでよかったわ。怪我の功名というやっちゃな。

☆

(後日談)

騒動はこれに留まらず其の後も一悶着あったようだ。

何でも荒法師の話によれば某ストリップ劇場は平生から警察に目をつけられていたらしく折悪しくオイラが舞台に上がっている場合に限って張り込み中の私服刑事に踏み込まれ酩酊のオイラに代わって荒法師が最寄りの交番にて事情聴取を受け挙げ句身元引受人にもなってくれて漸く放免されたらしい。

☆

扨話のあらましを聞いた荒法師の見立ては如何に。

「この種の疾病は手後れになったら可成りヤバイぞ」

一も二もなく病院への直行を促した。

極めて常識的な処方と言えよう。

「脅かしっこなしにしてくださいよ」

「ワシが病院を紹介してやるよ。午后からでも即刻行くんだな」

其のとき胸中に去来せしは親父とお袋の寝物語（既述）の再現だ。

一家全滅と言う聞くだに空恐ろしい話柄に他ならぬ。

四　毛ジラミ騒動

オイラ背に腹は代えられず荒法師(あらほうし)の助言を聞き入れて午后(ごご)の講義をうっちゃりS皮膚科・泌尿器科医院へ直ちに向かった。

道すがら高校の〈保健・体育〉の授業で習った〈性病〉に就(つ)いてあれこれ思い巡らした。

（あんとき担当の先生は性病の種類として梅毒・淋病・軟性下疳(なんせいげかん)・第四性病を挙(あ)げた。中でも梅　毒(スピロヘータ・パリーダ)が一等厄介だと言ってたっけ。感染すると凡(およ)そ十日ほどして長い潜伏期に入る。撲滅(ぼくめつ)に肝要なことは潜伏期に入る前の初期症状の徴候を見逃さないことの一語に尽きる。其の段階で適切な処置を施すならば大事に至らずに済む。さりながら其の段階を徒過(とか)すると将来症状が現れた際には既に手後れの虞(おそれ)がある。）

とまあ概(おおむ)ねそんな内容だった。

☆

医院の鬼門を敲(たた)く。

これも一生の不覚を避けんがためだ。

懸念半分望み半分。

入り口から三和土に進み出、上がり框でスリッパに履き替えてフロアに上がる。

直ぐ左横が受付だ。

「あのうそのう」

不安が言葉となってもろにしゃしゃり出る。

「どっか悪いの？」

そら来た。

四十がらみのお局様然とした看護師。

ちょっと見は行かず後家タイプだ。

眼鏡の奥の眼光がきつい。

ぐさっと突き刺さる。

うざったい。

とは言っても言わずばなるまいて。

「やたらと痒いんですわ」

「何処が？」

ほうら来なすった。

「下の方が」

ドギマギ切り出す。

生きた心地がせぬ。

お局様の目が嗤っている。

いな正しくは神経ピリピリのオイラが変に勘繰ったのやも知れぬ。

受付に続く外来患者待合室の長椅子は患者で立錐の余地がないほど混み合っていた。

待つこと小一時間。

漸くにして診察室に招じ入れられる。

「どうしました？」

五十搦みの恰幅の好い医者が質す。

(同じことを言わせるなよ。受付からの申し送りはないのかよ)

胸の内で独白するも泣く子と医者には勝てぬ。

「下の方が痒くて……」

仕方なく抽象的に答える。

其の一事(いちじ)を以(もっ)て医者は仕事柄ピンと来た模様だ。

「じゃ衝立(ついたて)の陰(かげ)へ」

しょぼくれて進み出ると看護師から下半身丸裸剥き身の指示を受ける。

「其れ丈(だけ)は平(ひら)に御勘弁を」

「なりません」

ぴしゃっと肘鉄(ひじてつ)が撥(は)ね付(つ)ける。

まさか医院でストリップ紛(まが)いのことをさせられるとは。

よもや思わなんだよ。

トホホ泣きたいくらいだよ。

此の場の力関係は確然としている。

一方は俎(まないた)の上の鯉。

他方は生殺与奪の権を掌握。

だとしたら弱者としての賢明な選択肢は自明の理だ。

〈長い物には巻かれろ〉

此の一語に尽きる。

うんヤッパこいつで決まりだろ。
此れを日和見（風見鶏）と揶揄・唾棄・指弾すること勿れ。
嗚呼情けなや。
到頭トランクス一丁。
哀れ花びらながれ。
股間スウスウ風通しが好い。
うそ寒い。
心細い限り。
何卒最後の守り本尊、無けなしの此の一枚丈はお目溢しを。
お慈悲あれかし。
此処を先途と許り哀れみを乞う熱い秋波を送る。
然れど看護師は委細意に介せずつれない。
オイラとしても此処に来て進退窮まる。
なれど今更ジタバタしても始まらない。
あとは野となれ山となれ。

一旦肚が決まれば後は成り行き任せ。
当初の泣き言とは打って変わって最後の砦の守護神を潔く剥ぎ取る。
遂にスッポンポン。
次いでベッドに仰臥する。
複数の若い看護師が何時の間に参集したものやらベッドの周りを取り巻いていた。
オイラの下半身が今や彼女等の好奇の視線に無防備の儘晒されている。
由々しき大事だ。
何しろ〈珍宝？〉と称される程の逸品珍品に他ならぬ。
秘宝中の秘宝。
門外不出の秘蔵品。
男の隠し財産。
其れが何ともはや興味本位で諸姉の観覧に供され慰み物と化している。
お労しや。
然無きだにヤングメンに取って如上の労しい構図は可成りのプレッシャーと脅威だ。
其の影響をもろに被ってか我が如意棒は何時になく恐縮の意を体する。

此の一事から推して大いに竦み上がっている旨窺い知れる。
更に追い打ちを掛けるように諸姉の一人がオイラの如意棒を然も無造作に摘む。
如何にも汚れ物を嫌々乍ら摘むように。
オイラ不意の急襲に思わず怖気を震う。
手袋（ビニール製）のヒンヤリした触感が尚一層如意棒を縮こまらせる。
諸姉諸嬢の皆さん内なる声に篤と耳を澄まされよ。
我が如意棒への恥辱狼藉を即刻止められい。
これに在わすは秘宝なるぞ。
頭が高い。
そなたの扱いは粗雑安易に過ぎる。
これでは不埒者と指弾（誹り）を受けても致し方あるまい。
亦我が如意棒は其の嚢中に億単位の子種を宿す生命の瑞兆且つ至宝ならん。
因って扱いには良く良く心せよ。
其れが斯様な不調法極まる為体とあっては先が思い遣られる。
これでは将来の賢夫人は保証の限りでない。

埴谷雄高『死霊』中に畏れ多くも彼の基督や釈尊に対して叱声を浴びせる場面に出会するが同様にオイラも又胸奥に於いて諸姉に対し叱責の飛礫を投擲して憚らない。

然れど惜しむらくはオイラの痛憤は届かずじまい。

　叫べど叫べど尚我が声届かざりじっと股間を見る。

兎にも角にもオイラの身に更なる仕打ちが襲い掛かる。

クスクス笑いが忍び笑いが含み笑いが嗤笑が何か意味有り気に或いは小莫迦にしたように耳底を乱打攪乱する。

諸姉は彼氏とオイラとを天秤にかけ秘密裡に品評（品定め）を画策しているらしい。

「ちんけ」

「しょぼくれてる」

そんな聞くに堪えないヒソヒソ声が幻聴か現つか否応なしに耳の坎を抉じ開ける。

（嗚呼嫌だ嫌だ）

我が軀体は一層殻を閉じて凝り固まる。

軈て下方に何やら身を捩らん許りのこそばゆさが。

想像を逞しゅうするに刷毛若しくはパフ様の柔らかな毛先でアンダーヘアの部分をヤン

ワリとなぞる感じだ。

　笑い転げそうになるのを必死に怺える。

　ややあってソッと薄目を開けて下目遣いに見遣る。

　看護師の一人が股座の三角州にパフ様の器具を使って粉末の薬剤を塗布しているのが望見出来た。

「ハイ終わりましたよ」

　やれやれ漸くにして恥辱に終止符が打たれた。

☆

(此れより狂言の始まりい)

シテ(医者)／ワキ(オイラ)

シテ　まあ座って。

(医者はデスク上のブックエンドに並ぶ書類等の中から一冊の分厚い図鑑を引っ張り出す。そうして目当てのところを見つけると見開きにしてワキの手前に置く)

シテ　此れを御覧。

(促される儘に示唆されたカラーの頁に見入るワキ。出し抜けに何か蟹様の奇っ怪な生物

の大写しが迫(せま)り来る）

ワキ　此れが何か？

シテ　痒(かゆ)いのは此(こ)の生物の仕業(しわざ)だよ。

ワキ　此(こ)の見るからに気味の悪そうな昆虫がですか？

シテ　そのとおり。

ワキ　おっ魂消(たまげ)たなあ。

シテ　今度は此(こ)れを覗いて御覧よ。

（医者は手元の顕微鏡に何やらセッティングした）

シテ　さっき君の下の毛から採取したものだよ。

ワキ　そう言えばベッドに仰臥(ぎょうが)の際ピンセット様のものが下の毛の一部に触れましたっけ。次いで軽く引っ張られましたわ。

（怖々(こわごわ)覗いてみる）

ワキ　何だこりゃあ！

（摩訶不思議な生物の複数の脚が百鬼夜行(ひゃっきやこう)の如く犇(ひし)めき蠢(うごめ)いているではないか。更なる熟視に堪えぬ醜怪(しゅうかい)さ。面妖(めんよう)さ）

ワキ　此の奇々怪々の生物が下の毛に巣くい悪さを仕出かしたわけですか。
シテ　まあそういうことになるわね。
ワキ　して正体は？
シテ　毛虱と言ってね。
ワキ　それって何です？
シテ　真っ当な生活をしている限り滅多に御目に掛かれん奴さ。
（医者は目眩ましの如き意味深な語意に殊更力を込めた）
ワキ　〈飲む打つ買う〉の全く不得手なボクに何で？
シテ　屹度何処其処で貰ってきたんだろうね。
ワキ　若しかして空気感染だったりして。
シテ　無い無い。
ワキ　だったらどうして。
シテ　だから貰ってきたと。
ワキ　先生はさっきから軽々に仰しゃいますがボクには一向に思い当たる節がないんでして。

シテ　全くもって身に覚えがない？
　ヤレヤレこいつは世界の七不思議の一つだわい。
ワキ　まさに、そ、それなんですよ。
シテ　良く言うねえ。君も中々どうして大した役者じゃないか。
ワキ　それにしても下の毛専属に取り付くなんて随分とスケベ根性丸出しのシラミじゃないですか。
シテ　恐らく宿主が自ら招いた結果だろうね。身から出た錆だわさ。

☆

斯くして狐と狸の騙しあいが何時果てるとも知れず打ち続いた。
それはさておき幸いにして一回の通院で事足りた。
有り難や有り難や。
あれ程悩まされた掻痒もピタリと沙汰止みとなった。
効験は恥辱を雪いで余り有った。
何はともあれ大事に至らずに済んだ。
早速恩人の荒法師に事後報告をした。

「おい命拾いをしたな」

「ほんと安堵しました。一時は脳梅を疑って冷や冷やもんでしたわ。だいいち業病じゃ格好がつきませんしね」

先ずは終わり好ければ凡て好し。

此れにて一件落着。

五　自家発電（自慰）

何時ものように大学の裏門を後にした。
駅路迄町工場群居の神田川沿いを辿る。
濁り江の神田川の水面が西日を照り返す。
相も変わらず変わり映えがしない帰路を経て己が棲息圏へ。
恥ずかし乍ら年がら年中発情全開状態の坩堝と化している。
卑近な例を挙げると。
偶然通り道で女のコに擦れ違ったとする。
即ビビッドに反応。
〈欲動〉の御出座しだ。
無論股座の深奥から。
ビンビンと衝き上げる。
ピンピン跳ね回るピチピチ鮮魚そのものだ。

勢い余って突き破りそう。

敢えて言及するならば脳中に感度抜群の〈セルフタイマー付き性感感知器〉がセッティングされているようなもの。

やりたいやりたいやりたいな。

ポン女（日本女子大学・女子大生）のネエちゃんと勉強をやりたいな。

〈欲動〉が昂じるや決まって此の歌（別称「やりたい音頭」）が耳底で谺する。

それにしても〈勉強をやりたいな〉で逃げを打つとは白々しくも片腹痛い。

笑止千万。


良くぞ煙に巻いたものだ。

韜晦、誤魔化し、本音隠しも好いところだ。

学業も然る事乍ら其れにも増して喫緊の課題は〈欲動〉の始末如何。

正に只今が〈欲動〉のシュトルム・ウント・ドランク（疾風怒濤）の盛期なり。

看過できぬ恐るべきは股間に〈獣性の凶器〉を隠し持っていることだ。

隙あらば跳び出んと牙を研ぐ。

して水際で食い止める手立ては有りや。

如何に〈獣性〉と折り合いをつける歟（か）。

如何に〈獣性〉を飼い馴らす歟（か）。

恣（ほしいまま）に解き放つならチトやばい。

世の清婉無垢（せいえんむく）の乙女たち。

其の〈処女膜（ヒーメン）〉が悉皆（しっかい）〈破瓜（はか）〉の危殆（きたい）に瀕（ひん）すること請（う）け合いだ。

他方今や我が股間は一触即発の噴火寸前。

〈欲動（リビドー）〉が積もり積もって何時（いつ）奔出しないとも限らない。

斯（か）く斯（か）く然々（しかじか）の理由から股間は常時累卵（るいらん）の危（あや）うきにある。

野放図に〈獣性〉の蟠踞（ばんきょ）（跋扈（ばっこ））を許しては何（いず）れ〈常習的性犯罪者〉に堕（だ）することになりかねぬ。

其の魔弾の射手から逃れる可（べ）く日夜を分かたず孤軍奮闘を余儀なくされる。

こうなったら〈欲動（リビドー）〉と角（つの）突き合わせ敢然と立ち向かうっきゃない。

☆

〈獣性〉を如何に鎮（しず）める歟（か）。

して救いの手を差し伸べる天恵の蜘蛛の銀糸は有りや。

作麼生（さあどうだ）。
事ここに至れば取って置きの代打の登場を願うしかあるまいて。
無論〈自慰〉に決まってる。
取り立てて慰めてくれる女人の当てもない以上それっきゃないでしょうが。
〈自慰〉との遭遇は出合い頭の事故のようなものだった。
爾来〈自慰〉とは長きに渡り友誼を交わしてきた。
其のときオイラ茶の間で少年漫画雑誌を見ていた。
跪いて。
何時もの姿勢だ。
貧乏揺すりも同時並行して。
自然股間の振り子が内股どうしの摩擦によって刺戟を受けた。
次第次第に何やら快さが募ってきた。
発生源は言わずと知れたこと。
夢心地の昂揚欣快の気分。
此れ迄悉皆心覚えのない心地良さだ。

ありがとうございます。

二〇一九年七月十九日

（M・I）記

〈追　記〉

すっかり娘は、元気を取り戻しました。

新学期、夏休み明けの英語の試験で一〇〇点をとり、上機嫌で楽しく過ごしております。親子共(とも)に、

♡♡♡　**喜び、讃美、感謝、爆発！**　♡♡♡

そして、第一、第三日曜日の午前一〇時より開講されている、

娘にも私にとっても、この体験は、大きな試練ですが、この試練を、お宝に出来るよう、知抄の光にゆだねて、魂の光が自由に羽ばたけるように、解放して頂き、自ら（みずか）が魂の光と共（とも）にあるように、自力救済出来るまでになりたいと思います。

先のことを心配せず、

― 今という一瞬 ―

を、全て知抄の光にゆだね、魂の光を精神へ、五感へ、細胞の一つひとつまでお迎えし、魂の光と共（とも）に歩めば、全てが良い方へと、お導き頂けることが判（わか）りました。

夏休みは、仕事をセーブして、ゆっくり娘と向き合い、母親として、たっぷりの愛を注（そそ）ぎたいと思います。

喜び・讃美・感謝の威力 第三巻

次元上昇し今

光と化している地球

あなたも新世界の地球人？

知抄 著

はじめの言葉(ことは)

二〇一九年一〇月一〇日。知球暦一〇年、光と化した地球は、

――〈今和(こんわ)〉の新世界を迎えます。――

これは、何人(なんぴと)も回避出来ない、光の源(みなもと)の、地球を救う大計画の、より微細(びさい)な光の波動による、大飛躍です。

それは、思考に支配される、三次元の〈**人間主体**〉の地球から、光と化した〈**地球主体**〉に変容する、〈**大変革**〉の中に在る事実の認識です。

私は、魂の光輝(こうき)への道しるべ〈**智超法秘伝**(ちちょうほうひでん)〉を、一九八九年万里の長城で啓示を受けております。

この三〇年の歩みは、☆(**知抄　光の足蹟**(そくせき))として、

―人間進化の歩み―

となる、魂の光輝(こうき)を、真摯(しんし)に求める人々を、宇宙意識へと誘(いざな)い、更に光の源(みなもと)への、永遠(とわ)なる光の道を、共(とも)に歩いて参りました。

この間に、〈**光の源**(みなもと)**の地球を救う大計画**〉は、ことの重大さから、

―伏(ふ)さねばならない―

時期がありました。

ただ黙々と、地球を救い、人類を救う為に、幾世層(いくせいそう)かけて集(つど)い

☆ あなたならどう生きる？
　知抄著　第一巻98頁～参照

来た〈**光の子・光人**〉を養成し、光の源 直系の御使者、知抄の光が、地上にすでに降臨されたことも、殊更に表沙汰にすることもなく、〈**知る人ぞ知る**〉で、今日があります。

知抄の光の受け皿となる、〈**光の子・光人**〉は、

―― 大地を受け継ぐ者として ――

地球を守り、人類を、光へと引き上げる救い主 知抄の光の威力を共に担い、目の前にある闇を、光に変える存在として、在ります。

―― 今を和して、

喜びと 讃美と感謝を 爆発する!

（十字の光・吾等（われら））と共（とも）に

―― この威力（いりょく）をもって出る

時が参りました。

光の源（みなもと） 直系の御使者、かつて 地上に降下（こうか）されたことのない、

宇宙創成の一員で在（あ）られる救い主 知抄の光が、 皆様の魂の奥に

降臨（こうりん）されています。 この本を手にし、

○ 実在する知抄の光の存在に、 気付かれたお方

○ 光の御写真を見て、

 魂の光が、 感動で打ち震えるお方

○ 身も 心も 軽くなったお方

顕幽両界の魂の光は、今、やっと、知抄の光を渇望し、切望し、本性の光の解放を待ち望んでおられます。

〈今和〉の新世界は、〈魂の光〉が主役です。

――人間とは、本来 光そのものである――

この真理を、日常に於て顕現し、光と化した〈**地球主体**〉の、新人類として、共存しなければならないのです。

この本は、〈**知抄の光の足蹟**〉を、読み進むことで、〈**魂の光**〉が、羽ばたけるようになることです。

光の地球で、自他共に共存し、共栄し、〈**魂の光**〉で結ばれた新人類として、至福の日々を、

――喜びと 讃美と 感謝 爆発！

の中で過ごすのです。

今、各人が、三次元の肉体の中に閉じ込めている〈真我（しんが）〉を

自由に羽ばたかせて下さいとの、想いを込めて、

――救い主 知抄の光　暗黒の地球をお救い下さい

と、自らの魂に掲（かか）げれば、

――〈魂の光〉を解放し、光へと引き上げる――

これが、救い主 知抄の光の威力（いりょく）です。光と化した地球の〈**光（ひかり）**

生命体（せいめいたい）〉として、本当の地球人に成（な）れるか否かは、自（みず）らの自由

意思による、自力救済です。

二〇一九年 一〇月 八日

知　抄

☆ 地球を救う 実在する吾等
人類を救う 知抄の光の威力 ☆

地上に生きとし生けるもの
全ての源(みなもと) 吾等 光の源(もと)よりの使者
今 暗黒の地球を光と化する
計画遂行の為に ある
かつて 地上に
降りたことのない 光

何人（なんぴと）たりとも　侵（おか）すことのできぬ　光
地上に今　燦然（さんぜん）と輝く
知抄の光　守り抜き
その光の威力　顕現する　吾等
鮮明なる実在として
知抄　光人　共に
一丸となりて　ここにある
一瞬にして　闇（やみ）を焼き尽くし
地球を光と化する　吾等が使命

地上に　真の自由と　真の平等と
　真の平和をもたらす
光の源よりの願い
　気高きも　厳しき　全き愛
受け止める　準備整いし者より
　自ら(みずか)の意思にて　光へ向かい
　　前進あるのみ
地上にはびこる　宗教ではなく
　血の流れ　人種等　差別　区別
　　もはや一切なし

全て万物　光の源よりの光にて
　統合されし歩み　地球を救う歩み
闇を光と　信じ込まされある人々
　まず　肉体の闇より出でよ
実在する吾等　不可能の概念なし
　知抄の光　守り抜く　吾等
十字の光　地球を救う吾等が決意

一九九六年　五月　三日
知抄　受託

目次――喜び・讃美・感謝の威力　第三巻

次元上昇し今光と化している地球

あなたも　新世界の地球人？

知抄・光の足跡（そくせき）

（一）新人類への階梯（かいてい）／35

知抄の光と共に

〈智超法秘伝（ちちょうほうひでん）を体得しよう〉セミナー

二〇一九年 二月 一〇日　岩間ホールにて

（1）

喜びと讃美と感謝が
自然に湧いて来ます

二〇一九年二月十一日

☆ 智超法秘伝（ちちょうほうひでん） ☆

（2）

セミナー開催に
心からの感謝を！

二〇一九年二月十二日

（3）

セミナーに参加出来たことを
感謝　申し上げます

二〇一九年二月十三日

☆（智超法気功教室）☆

魂の光輝への道しるべ

（4）

仕事が忙しくても
光と共に歩みます
二〇一九年二月十三日

（5）

光の山を越えて
ワインで乾杯！
二〇一九年二月十三日

（6）

光の宴（うたげ）で　活力頂き
次なる階梯（かいてい）へ　前進！
二〇一九年二月十三日

☆
智超法秘伝（ちちょうほうひでん）
幸せを呼ぶ　数（かず）え宇多（うた）
☆

知抄・光の足蹟（そくせき）

（二）新人類への階梯（かいてい）／61

知抄の光の威力（いりょく）と共（とも）に

〈肉体マントを光のマントに！〉セミナー

二〇一九年 四月 二十九日　みらいホールにて

〈1〉

知抄の光は

本当に　実在でした！

二〇一九年四月二十九日

〈2〉

知抄の光を　魂に掲げ（かか）

思考停止から脱出

二〇一九年四月二十九日

☆困った時には☆

〈3〉

令和元年　光に向かう

日本の夜明けです

二〇一九年五月一日

〈4〉

もはや
人間やってる　暇はない！
二〇一九年五月一日

☆コメント☆

〈5〉

令和元年　五月一日
それは　今和の幕開けです
二〇一九年五月一日

〈6〉

五月一日は
令和元年　即位の日でした
二〇一九年五月一日

知抄・光の足蹟(そくせき)

（三）新人類への階梯(かいてい)／93

地球を救う　知抄の光と共(とも)に

〈闇(やみ)を駆逐する〉セミナー

二〇一九年七月十四日　岩間ホールにて

知抄の光は
　実在です
　二〇一九年七月十四日

楽しいことばかりです
　二〇一九年七月十五日

娘のパニック発作が
　治癒（ちゆ）しました
　二〇一九年七月十九日

☆コメント☆

知抄の光を浴びて
主人はよみがえりました
二〇一九年八月二日

5

思考の停止に
気付いていない人々
二〇一九年八月九日

6

智超法秘伝（ちちょうほうひでん）を
実践・実行するだけ
二〇一九年九月五日

♡7

☆智超法秘伝（ちちょうほうひでん）　光呼吸（ひかりこきゅう）☆

やはりお教室は

素晴らしい

二〇一九年九月六日

♡8

☆御遠方の皆様へ☆

感謝　感謝　讃美　讃美

喜び　爆発！

二〇一九年九月七日

☆ 智超法秘伝 ☆

9

私は　新世界の
礎の光の一つです
二〇一九年九月一日

☆ コメント ☆

10

本にして　本に非ず
幸せを掴みました！
二〇一九年九月十三日

新世界への
　旅立ちを 感じます
　　二〇一九年九月十五日

⑫

御本が縁（えにし）の 山口県秋吉台での
　不 思 議 体 験
　　二〇一九年九月十八日

☆この第三巻の表紙について☆

⑬

喜び 讃美 感謝で
　幸せに過ごしております
　　二〇一九年九月二十五日

☆ コ メ ン ト ☆

知抄・光の足蹟(そくせき)

（四）新人類への階梯(かいてい)／167

新世界への〈前 夜 祭〉

二〇一九年 九月 二十三日　荏川(えがわ)倶楽部にて

前夜祭（1）　二〇一九年九月二十三日

前夜祭（2）　二〇一九年九月二十三日

前夜祭（3）　二〇一九年九月二十三日

☆コメント☆

前夜祭（4）

二〇一九年九月二十三日

前夜祭（5）

二〇一九年九月二十三日

☆智超法秘伝☆

前夜祭（6）

二〇一九年九月二十三日

前夜祭（7）

二〇一九年九月二十三日

前夜祭（8）

二〇一九年九月二十三日

☆地球を救う使命遂行☆

素晴らしき仲間の詩（うた）

前夜祭（9）

二〇一九年九月二十三日

◇前夜祭（10）

二〇一九年九月二十三日

知抄・光の足蹟（そくせき）
喜び 讃美 感謝に満ちる
（五）今（こん）和（わ）の 新 世 界／211

①

二〇一九年 一〇月 五日 セミナー

開　会

二〇一九年 一〇月 五日

②

地球浄化の 礎（いしずえ）の光として

喜び・讃美・感謝 爆発で！

二〇一九年 一〇月 五日

③

地球丸ごと

光の源（みなもと）へ向かう大変革

二〇一九年 一〇月 五日

☆ 地球浄化の礎（いしずえ）の光 ☆

④

今和（こんわ）の新世界
それは　亡き兄も共（とも）に

二〇一九年 一〇月 五日

⑤

〈今和（こんわ）〉の新世界
新人類として生きます

二〇一九年 一〇月 五日

⑥

知抄の実在する光で
守られている日本
二〇一九年一〇月五日

⑦

救い主　知抄様に
御当人は　無頓着(むとんじゃく)！
二〇一九年一〇月五日

あとの言葉(ことは)

知抄・光の足蹟（そくせき）

（一）新人類への階梯（かいてい）

知抄の光と共（とも）に

〈智超法秘伝（ちちょうほうひでん）を体得しよう〉セミナー

二〇一九年二月一〇日　岩間ホールにて

（1） 喜びと讃美と感謝が自然に湧いて来ます

今日は、

――知抄の光と共に
智超法秘伝を体得しよう　セミナー

に、参加させて頂き、ありがとうございました。

日々の生活の中で、どれだけ〈光そのもの〉として、魂の光が三次元の肉体に言動として顕現し、共に過ごしているか？……

これを身に修め、光のマントに変身するには、智超法秘伝を駆使すれば出来ますと、答えられます。しかし実際には、〈**魂の光**〉が、即、肉体を照らしているか……、〈**光生命体**〉に変容しているかとなると、思考という大きな内なる闇によって阻止されて、思うように成れません。

まずはこの〈**思考の闇**〉を、知抄の光に〈**ゆだねる**〉ことで、白紙の心にして頂く事でした。何を本筋とするか、今日のセミナーで判らせて頂けたと感じています。もはや、理論理屈でなく、智超法秘伝を実践実行し、その威力を自らが駆使することで、体得出来ることが納得出来ました。

智超法秘伝の〈**再生の術**〉のプログラムの時に、ステージに上げて頂きました。その時、私自身が大きな使命を担っていることを強く感じました。

喜び・讃美・感謝が自然に湧(わ)いて来て、知抄の光へ、そして、光の源(みなもと)へ、喜び・讃美・感謝の雄叫(おたけ)びが届くまで、叫びたくなりました。

――セミナー開催　ありがとうございました――

二〇一九年 二月十一日

（H・Y）記

☆智超法秘伝☆

○幸せを呼ぶ　数え宇多

○光呼吸

○光の源への雄叫び

○の一つを

まず　実行・実践し

〈光そのもの〉に

なりましょう

（2）セミナー開催に 心からの感謝を！

セミナーを終え、気付きを頂けた事が、どれほどの恩恵であるか。今日で多くの学びと、気付きを頂きました。これより、次なる階梯(かいてい)を目指し、一歩でも進化出来るかは、自(みずか)らの存亡をかけた、**〈自力救済〉**です。

知抄の光の大きな大きな愛の恩恵と、その偉大な、何人(なんぴと)も侵(おか)すことの出来ない威力(いりょく)を目の前にして、遠い遠い、地上生誕の記憶が蘇(よみがえ)り、思い出させて頂き、感謝が溢(あふ)れてきました。

―　ありがとうございます　―

セミナー会場に降り注ぐ知抄の光で浄化され、感動に打ち震える高揚感は、素晴らしい体験でした。

そして、今日は、神宮外苑フィットネスサマディ〈**智超教室**〉に参加させて頂き、知抄の光を浴びながら、大きな光の山を、共に越えたことを実感しました。

今日は、全ての事に感謝の気持ちが湧いて来るのです。

セミナー開催に、心からの感謝を申し上げます。

二〇一九年 二月 十二日

（K・H）記

（3）　セミナーに参加出来たことを感謝申し上げます

今回もセミナーに参加させて頂き、ありがとうございます。〈**魂の光輝**〉を求めて集う、素晴らしき仲間達と、〈**智超法秘伝**〉を学ぶことができ、更に、今東京に住み、なお、毎週、神宮外苑フィットネスサマディで、金曜日の夜七時からの、〈智**超法気功**〉教室に通えることに、改めて、喜びと感謝の深まる気持ちになりました。

今迄私が、苦手だった事でも、私が、〈**光そのもの**〉になれば、全て見え方も変わり、大きな愛で、包み込むことが出来ることに、確信が持てるようになりました。

その為には、知抄の光を、我が魂に掲げ、魂の光輝への道標である、智超法秘伝を実践していく事が如何に大切であるか、改めて気付かされました。

セミナー後には、多くの方と話す機会を得て、大変有意義な貴重な体験をさせて頂きました。

以前よりも、心が平穏で、どこか、ゆったりした心境で

― 今ここに居る ―

ことが出来、皆と、笑いながら話せる、自分自身の変容を見つめておりました。

私は、お教室では新入りです。既に、今はもう、実際に光を放ちながら、日々を過ごす段階にあり、外的な闇と自分の思考とい

う内的な闇（やみ）に、負けている時ではないことも、しっかりと心に刻みました。

本当に、

―― 私は　本来　光だ！

光そのもの　である ――

との、強い確信を頂いたセミナーでした。

―― 知抄の光　ありがとうございました！

これから、喜びが爆発する日々を過ごせるよう、私自身が、光のマントに変身します。そして今日も五体満足で、健康で過ごせることに、喜びと讃美と感謝を捧げます。

二〇一九年二月十三日　（O・T）記

☆〈智超法気功教室〉☆

魂の光輝への道しるべ

１．水曜日　午後６：40 ～ ７：40
ルネサンス教室（横浜）
横浜 相鉄線天王町駅　徒歩２分

２．金曜日　午後７：00 ～ ８：00
神宮外苑フィットネス（東京）
ＪＲ 千駄ヶ谷駅　徒歩２分

３．第1・第3 日曜日 午後1:05 ～ 2:25
番町ホール（東京）
ＪＲ 四ッ谷駅　徒歩２分
〈高級内丹静功法〉（選抜）

４．各〈智超教室〉は、カリキュラムに
〈気功〉があります

(4) 仕事が忙しくても
光と共に歩みます

二月一〇日のセミナーに参加出来ましたこと、本当にありがとうございます。セミナーの二日前迄は、その日は、銀座支店に行くように会社から指示を受けていて、セミナーに間に合わないかもしれないと思って、半ばあきらめておりました。それでも、知抄の光にお願いしていたら、前日に、みなとみらい支店に変更となり、時間に間にあい、セミナーに参加させて頂けました。本当にありがたいことと、喜び勇んで馳せ参じました。

セミナーでは、今の地球の現状、そして、真の光の旅路を認識

させて頂きました。そして、本当の私である、魂の光を解放して頂き、

嬉しくて、ありがたくて、
感謝、感謝、感謝、喜び、讃美、讃美で、いっぱいです。

これからの光の地球では、

――魂の光が主役です！

という言葉が、体感として、一瞬だけでなく、判(わか)るようになりました。本当に、本当に、ありがたく楽しく

――見て、見て、こんなに私キレイになったの！

と、スキップしたい気分で帰路につきました。

日々暗いニュースが続く中、知抄の光にお願いし、ゆだねて、

私自身が光になり
光を放ち
周りを照らし

地球を救い、人類を救う、光の源直系の御使者である、知抄先生の手足となって、光を添えさせて下さいの思いが募ります。元気に仕事へ行ける事で、毎日が充実します。それでいて、光の地球に、人間として生きる事が大変になっているからこそ、知抄の光の威力によって、魂の光を解放して頂き、光に成って、共に行く決意がいや増すのです。

今は、仕事が忙しく、午前中の教室に参加するのが、やっとで

すが、単発的な参加でも、知抄の光を浴びたいとの思いで、時間が空け(あ)ば駆け付けます。それは、依存心(いぞんしん)で教室にこだわるのではなく、何をしていても、日常いつでも、どこにいても、

知抄の光に　すべてを捧げ
すべてを　ゆだね
我が魂を解放する為に
智超法秘伝(ちちょうほうひでん)を実践し
身に修めたいからです

― ありがとうございます ―

二〇一九年二月十三日　（N・K）記

（5）光の山を越えて
ワインで乾杯！

二〇一九年二月一〇日に、開催されるセミナーは、雪が降る予報でした。前日の九日、地方から参加されるお方より、一〇日のセミナーは、雪が降ると交通機関が麻痺（まひ）するので、行けなくなるかも知れないとの、電話がありました。私は、

――東京では、今、雪は降っていないから、明日は、お天気ですよ。雪が降らないように、知抄の光に、共（とも）に、お願いしましょう。――

と、申し上げました。

そして、セミナーの朝を迎えたのです。大きな太陽は、燦々と、黄金の光を放って、いつも以上に輝いていました。私はすぐ、昨日のお方に電話して、こちらの様子を話しますと、凄く嬉しそうなご様子で、

――あ、り、が、と、う、――

と。思わず私も、大笑いしながら、

――ありがとうございまーす

と、嬉しさ爆発でした。

セミナーは、実在する力強い、知抄の光の降臨の威力が、場内の隅々まで満ち溢れて、いつものように金粉が現出していました。

私も言葉に言い尽くせぬ、気付きや体験をしました。そして、舞台に展示されている、知抄先生に降下(こうか)されている、光の御写真は、見ているだけで嬉しくなり、穏やかな気分になるのでした。

一九九六年二月の、雪山の知抄先生の御写真も、グラスゴーの黄金と白銀になられた、〈**光命体**(こうめいたい)〉の御写真も、その貴重な光の御尊体を公開されたことに、感謝で、ありがとうございますしか、言葉が出ませんでした。更に、このセミナーで、瞠目(どうもく)する程凄(すご)かったのは、智超教室(ちちょうきょうしつ)の二世のお子達の、目を見張る進化の姿でした。親子教室で才能を開花し、育った、成長の果実の素晴らしさに、嬉しくて、目頭が熱くなりました。

そして翌二月十一日、セミナーの興奮冷めやらず、サロン(二〇一〇)に駆けつけました。今迄(いままで)の感覚では、到底想像もつかない様な、至純至高なる光場に、化しておりました。この日は、赤と白の美味しいワインで乾杯を、光の源へ捧げました。私はワインを頂きながら、知抄の光と一体である知抄先生が、今、救い主として、地上に在られるからには、私が御守りして行かねばならないとの思いが、突然胸の奥から湧き上がって来ました。光への熱き思いが全身を貫き、**知抄の光（十字の光・吾等）**と共に在ることに、本当に嬉しくて、ありがたくて、

――

何も出来ていない　私ですが
全てを　捧げ　ゆだねて
素晴らしき　仲間と共に

地球を　人類を
光に変えて進みます
前だけ見て
　光だけ見て
知抄の光と共に　歩みます
――

と、魂の奥へ奥へ向かって、光の源へ届けとばかりに、雄叫びをあげておりました。今世で、地球に生まれ、救い主 知抄先生に巡り逢い、今ここに生かされていることは、私にとりましては、至福であると思っています。有り難くて、嬉しくて、喜びと讃美と感謝が爆発しておりました。

光の宴（うたげ）、本当に、本当に、ありがとうございました。ワインも美味でした！

お土産に頂きました、沢山（たくさん）の美しいお花も、ありがとうございました。我が家が一ぺんに明るく、美しく、光に変わりました。

二〇一九年 二月 十三日

（Y・M）記

（6）光の宴で　活力頂き
次なる階梯へ　前進！

二月一〇日のセミナーに参加させて頂き、ありがとうございます。万難を排して雪山を登られる、知抄先生の御写真を拝見させて頂いた途端、胸の奥が熱くなりました。また、智超法秘伝　幸せを呼ぶ　数え宇多は、シンプルで力強く光に成れます。

翌二月十一日は、サロン（二〇一）に入室させて頂き、本当にありがとうございました。胸の奥に意識を置くと、このサロンの光場にある喜びが、一日千秋の思いで、我が魂がこの時を待っていた事を感じました。今迄、光に対して、消極的に生きて来た私は、〈**私ごときが**〉……

と、謙遜(けんそん)する事は、偉大な知抄の光の前では、全く、喜びと讃美と感謝とは違うことに、気付かされました。

そして、入室させて頂いた上に、〈**光の宴(うたげ)**〉に参加させて頂きました。美味しいワインを、素晴らしき仲間と共(とも)に味わう事が出来たのです。

――**私は、何という果報者でしょう**――

更に一層、胸の奥に意識を置き、セミナーで教わりました、数(かず)え宇多(うた)の真髄(しんずい)を思い、前へ前へ、明るく、力強く、次なる階梯(かいてい)へ向かって、光の源目指(みなもと)し、前進する活力が湧(わ)いて来ました。

――**ありがとうございました**――

二〇一九年二月十三日　（Y・K）記

☆智超法秘伝

幸せを呼ぶ数え宇多☆

一　いちに　決断　Chi－Shoの光

二　にに　ニッコリ　喜び　讃美

三　さんで　サッサと　感謝を　捧げ

四　よんで　良い子　光の子

五　ごうで　GO！　GO！　光を放ち

六　む　は　無口で　実践　感謝

七　ななは　Night＆Dayも　サラサラと

八　やあは　ヤッサ　ヤッサで　Be Young（ビーヤング）
（身も心も　Be　Young）

九　ここは　ここまで来ても　永遠（とわ）なる学び
（謙虚（けんきょ）　謙虚（けんきょ）で　キョン　キョン　キョン）

十　とうは　トウで成る　成る　光の地球
（スーレ　スーレ　光の源（もと）へ）

喜び　讃美　感謝　スーレ
喜び　讃美　感謝　スーレ
喜び　讃美　感謝　スーレ
スーレ　スーレ　光の源（もと）へ

知抄・光の足跡（そくせき）

（二）新人類への階梯（かいてい）

知抄の光の威力（いりょく）と共（とも）に

〈肉体マントを光のマントに！〉セミナー

二〇一九年四月二十九日　みらいホールにて

〈1〉知抄の光は

本当に実在でした！

私は胎児の時から、知抄の光を浴びて育ちました。今、国立東京工業大学の一年生です。バイトにサークル活動に、楽しく嬉しく、充実したリアルタイムを過ごしております。今こうしてあることに、感謝以外ありません。

私は中学、そして高校三年生の半ばぐらい迄、いつも学年の中では、平均以下の成績でした。さらに悪いときは、下の二割の低い中に入っていました。

難関国立大学に合格する人数は、私の学校では、上位一割でした。私の成績では、客観的にどう見ても、受験することすら絶望的な状況でした。

高校二年生になると、大学受験に対応して、成績順にクラスが編成され、案の定、私は下の方のクラスに選別されておりました。

その頃から少しずつ意識が変わり、とりあえず毎日の学校の勉強を真剣に受けとめることにしました。その効果は三年生の最後になって、やっと成績が上がり、上位クラスでない低いクラスの中で、二番に上がることが出来ました。それでも模擬試験では、毎回一番下のEの判定しかとれず、私が目指す国立大学は遠いものでした。周りからは、私立の大学を勧められ、その度に幾度か確信が揺らぎました。

それでも、東京工業大学に行きたいという強い気持ちは、変わりませんでした。

知抄の光だけを見て、目標の大学に照準を合わせて、受験期間中は、時間の許す限り、日曜日の〈親子教室〉に出席し続け、セミナーにも参加し、知抄の光が降り注ぐ、舞台にも上がらせて頂きました。

そこでは一時、受験のことを忘れ、身も心も、沢山の実在の光を浴びて、穏やかな、晴れ渡るような、爽快な気持ちになれました。

そして、迎えた二月二十五・二十六日の入試本番の初日は、最も点数を取れる、得意科目の数学から始まりました。

しかし、この日の数学の問題は、私にとって難しくて、全くお手上げでした。四～五割ほどしか出来ませんでした。更にその後

は、苦手な英語でした。意気消沈し、気落ちして帰宅すると、

――絶対　大丈夫！

と、両親が励ましてくれました。そして、知抄先生からは、

――こういう場合は、他の受験生にとっても、同じように難しかったはずです。後(うしろ)を振り返らず、前だけ見て、光だけ見て、明日に備えましょう――

の、お言葉を頂き、気持ちを切り替えました。すると、翌日の二日目の物理と化学は、思っていた以上、〈でヽきヽたヽ〉と思いまし

た。

三月九日、合格発表の日、知抄の光にお願いしながら、大学に向かいました。自分の受験番号がありました。学部の希望を第三希望迄出していたのですが、これも、第一志望の学部に、希望通りに、合格していました。

――この瞬間を、おそらく

私は、一生忘れないと思いました。

本当に 嬉しさを通り越して、

心身共(とも)に、細胞一つひとつまでが、

喜びと 讃美と 感謝で 爆発でした。

私は、予備校があまり好きではありませんでした。英語だけは、個別指導の個人塾に通いましたが、理系科目は、一歳上の兄に教わりました。学校の長期の休みや、授業がなくなった三学期は、誰もいない学校の教室を自習室代わりに、一人で勉強していました。

今、こうして、全ての希望が実現し、自由に学び、楽しく日々を過ごせることを、振り返ってみると、この合格は、決して自分一人の力では、到底成し得ないものだったと思います。

何もわからない私は、ただ知抄の光に全てを〈**ゆだね**〉、お願いし、光と共(とも)に、前だけ見て、光だけ見て、目標に向かって進みました。知抄の光の威力(いりょく)を確信し、〈**ゆだねる**〉ことで、全てを白紙の心にして頂きました。

ずっとこれからも、

―― 求めれば　応えて下さる、
実在する　知抄の光に　確信を深め、
感謝と喜び　爆発で、　知抄の光の威力を、
心身共に　顕現しながら、　共に歩みます。

―― 知抄の光は　本当に　生きた実在です ――

私が体験したように、　全てを知抄の光に〈ゆだねて〉、全てを捧げれば、　その想いに、　必ず応えて下さいます。
これからは、　肉体マントを光のマントに変身しながら、

〈幸せを呼ぶ 数え宇多〉五番、

――ごうで ＧＯ！ ＧＯ！ 光を放ち――

新世界の地球人として、生きて行きます。

二〇一九年 四月 二十九日

（Ｏ・Ｋ）記

〈2〉

知抄の光を魂に掲げ　思考停止から脱出

今の日本列島、そして世情が不穏な気配の中、〈**肉体マントを光のマントに！**〉変身するセミナーが、無事に開催出来ましたことは、本当に奇蹟としか思えません。

本日のセミナーほど、〈**生きた実在の光、知抄の光**〉を、感じた事は有りませんでした。往路、ちょっとした心の迷いから、闇に巻かれ、赤坂の真ん中で、方角が解らなくなり、気持ちが、波立ちました。〈**知抄の光**〉を、強く強く意識し、魂に掲げました。知抄の光を常に意識し、魂に掲げれば、必ず良い方へとお導き下さることは、感じてはいましたが、今回の体験で、本当に知抄の光の地上への降臨(こうりん)を、確信出来ました。そして、本当に、

――地球の存亡が

今　その時を　迎えているのでは……

と、ヒラメキました。光に引き上げて頂いた私は、〈光そのもの〉として、喜びで満たされ、感謝が湧(わ)き出て来て、嬉しく、楽しく、熱く、熱く、熱くなっていました。

セミナーのプログラムの中で、これからの地上人類の食生活のことや、〈**元気の出る気功**〉等の、シニアにとって、一〇〇歳時代を迎える、貴重な内容は、心身共(とも)に健康体で、病気を寄せ付

けない、光生命体(ひかりせいめいたい)への変身でした。

舞台上に展示されている〈**光の御写真**〉に、くっきりと龍の形が現れ、その上方に、(**十字の光・吾等(われら)**)の、御神々様が勢ぞろいされておられました。

プログラム六番の、〈決意披歴(ひれき)〉の時は、何故か、時・空を超えて、因果律(いんがりつ)すらも地球全土で、停止したことを、感知した瞬間がありました。知抄の光は、時空を超えていると言われておりましたが、今日こそ、実体験出来ました。

セミナー終了後、サロン(二〇一)で、沢山(たくさん)のお花を整理させて頂き、来訪された方々共(とも)に、嬉しく、楽しく、お花を分かち合いました。ありがとうございました。

肉体マントを光のマントに、即、変身出来るよう、次なる光の階梯（かいてい）へ向かって、研鑽（けんさん）して参ります。

二〇一九年 四月 二十九日

（T・N）記

☆困った時には☆

―― 救い主　知抄の光

暗黒の地球をお救い下さい ――

と、胸の奥へ奥へと　雄叫（おたけ）びをあげる

〈3〉 令和元年　光に向かう
日本の夜明けです

今日は、〈大地を受け継ぐ者〉講座を、サロン（二〇一）にて、受講させて頂き、誠に誠に、ありがとうございました。言葉に言い尽くせない程の、多大な恩恵を賜りました。

各人、それぞれが自由に、日頃の思い等を、お話しする機会も頂きました。口下手な私も、今日は思ったことを、素直にお話しすることが出来ました。魂の光で結ばれた、素晴らしき仲間と、ワインで乾杯。そして、大きなスイカを頂きました。いつの間にか、幸せを呼ぶ数え宇多で、ダンス？までする破目になり、

本当に　喜び　讃美　感謝　爆発！

の、知球暦一〇年を迎える、楽しい光の地球の先取り体験に、どなたのお顔もほころんで、楽しい時を賜りました。

――　まさしく

魂の光輝とは……

自由人になること！

を体感しました。何の捉われもなく、身も心も軽やかで、嬉しく、楽しく、魂の光の、英知を頂き、共に言動すれば、自然に感謝が湧いて来るのでした。

私達が〈**光そのもの**〉で居れば、救い主様の御尊体を痛めることも無く、大使命を、共に遂行していることが、本当に、鮮明に判りました。

次なる機会が頂ければ、その時までに、〈**魂の光**〉そのものとして、〈**光生命体**〉になって、知抄先生の御前にありたいと願います。今より、〈**光命体**〉に、変神出来るよう、そして、次なる階梯を目指し、研鑽して参ります。

いよいよ、名実ともに、

―― **令　和　元　年**
光に向かう　日本の夜明けです ――

世界人類が、睦みあい、同胞として、穏やかに過ごせるよう、知抄の光の御意思を顕現出来る、光の子として、地球を救う使命の受け皿になり、知抄様の御心のままにお使い頂きたく願います。

――

今日の　良き日

二〇一九年五月一日　令和元年を

知抄の光と共に

光の源へ寿ぎます

――

地球を救い、人類を救う、光人（ヒカリビト）の、〈光命体〉確立に向けて、光への次なる階梯を、知抄の光様と共に歩む所存です。

二〇一九年五月一日（M・A）記

〈4〉 もはや人間やってる暇はない！

本日は特別講座に参加させて頂き、四時間を越える長時間、嬉しく楽しく過ごさせて頂き、御礼申し上げます。新世界の光の階梯を、一歩前進させて頂けました。

日本列島の年号が、〈令和〉に代わった記念すべき五月一日。サロン（二〇一）に参集し、光の子・光人は、日本を、地球を、〈**光そのもの**〉に成って、どんどん光の方へ引き上げ、導いて行かなければならない、重い責任があることを、実感として受けとめました。

今日の学びを魂に刻み、

――もはや　人間やってる　暇はない！

――大地を受け継ぐ者としての

使命　遂行(すいこう)

必ず　共(とも)に参ります！

こと、確(しか)と承りました。

今日も、救い主　知抄様に、お目にかかることは、出来ません
でした。私達が、もっと、もっと、光り輝いて、〈光命体(こうめいたい)〉に
成(な)らねば、知抄先生の御尊体を傷つけるだけです。今迄(いままで)の、無知

ゆえの、数々の御無礼、お詫び申し上げます。

今日も、美味しいワインや水菓子を頂き、心身共(とも)に、光で浄化して頂き、身も心も軽やかに、次なる光の道の一歩を、踏み出します。

二〇一九年 五月 一日

（W・T）記

☆智超法秘伝を

駆使し

光へ行きつ

戻りつしながら

光へ行き行きて

光そのものになる！

〈5〉

令和元年　五月一日
それは　今和（こんわ）の幕開けです

日本列島、皆の喜びの中、穏やかに新しい元号を迎えさせて頂き、空も晴ればれと、太陽の輝きも変わったように、感じさせて頂きました。

今日五月一日、平成から令和に変わる、儀式等、穏やかに滞り（とどこおり）なく終わり、新しい年号が、平和で、光の地球の先駆けとして、始まりの年であることを感じました。光の子・光人（ヒカリビト）は、地球を、人類を救う、更なる歩みをすることを、強く、決断させて頂きました。

そして、サロン（二〇一一）での、特別講座の学びは、何ものにも代えがたい、光の源（みなもと）からの、高い高い気付きでした。日頃の、消極的で、地球を救う覚悟の甘さに、目が覚めました。

——地球存亡

人類存亡をかけて

今地上に在（あ）りし

知抄の光……

自らの存亡がかかっている今、光の源（みなもと）からのメッセージが、魂の中で、こだましておりました。今より、全身全霊をかけ、

〈生命（いのち）捧げし者〉として、地球を、人類を、**知抄の光（十字**

の**光・吾等（われら）**）と共（とも）に救う、光の子としての、覚悟を強くさせて頂きました。

そして、令和元年は、今を生ききる、新世界の生き様（ざま）を、日本列島、日本国民の為に、

―― **今（こん）和（わ）** ――

の幕開けとして、知抄の光からの賜（たまわ）りものとして、与えられたことが、鮮明に判（わか）りました。

二〇一九年 五月 一日

（T・R）記

〈13〉

☆ 参拝する知抄と知抄の光
1996 年 10 月 10 日　宇佐神宮 奥院にて

〈6〉 五月一日は
令和元年 即位の日でした

今日五月一日、サロン（二〇一一）で開催された、

〈大地を受け継ぐ者〉

特別講座

に、四時間もの、貴重な尊い時間を、入室させて頂きありがとうございました。

四月二十九日に開催されたセミナー後、本当に地球が変わったことが実感出来るようになりました。会場に入った時、周りの空

気が透明で清々しく、セミナーに今日、熱き思いで参加されている方々が、そして、全世界の人々が魂の解放を願い、知抄の光を求めて、集まっていることが判りました。セミナーには、いつも参加して参りましたが、今回だけは、はっきりと光の目で、真実の知抄の光を、実感することが出来ました。

この実感は、翌朝まで続いておりました。

そして、就寝中の午前二時位に、急に、

――立ち止まっている！

と、魂の奥からの声に、呼び起こされてしまいました。夜中に目覚めたのですが、今迄の自分と違い、

何をすれば良いか判らないが、

何かをしなければ
光の地球を 救う為に 地上に 降臨されている
知抄の光（十字の光・吾等）を
冒涜している 感覚に見舞われていました。

朝方まで、半覚醒の感覚で過ごす中で、

―― 十字の光
地球を救う
吾等が決意 ――

の言葉を頭の中で、反芻しておりました。
そして、正午前に、午後一時から、サロン（二〇一一）で開催される、特別講座への参加のご連絡を頂いたのでした。

二〇一九年 五月 一日 のことでした。入室して判(わか)りましたが、今日は、令和元年でした。今日、五月一日のサロン入室者は、

——幾世層(いくせいそう)かけて 養成され

今 ここに在(あ)る

光の子・光人(ヒカリビト)

光にすべてを捧げし者——

の集(つど)いでした。この集(つど)いのメンバーに、昨夜、午前二時、瞑想中に、私の参加が決まったようです。

サロン（二〇一一）は、実在する光の源直系の御使者　偉大なる救い主　知抄の光が実在する光場です。今迄のように、知抄先生に依存し、一生徒として、受け身で、負んぶに抱っこでご指導頂くのでなく、これからは、自分が率先して〈**光命体**〉になり、瞬間瞬間、光へと人類を引き上げて行く使命遂行に、生命注ぐ生き様を、我が魂の光が、喜々として自由に羽ばたけるよう、お導き頂けたのでした。万感の思いを込め、

――**確と、この使命担い〈光そのもの〉**
としての生き様　知抄の光と共に
成し遂げます。

二〇一九年五月一日（M・Y）記

〈14〉

☆ 知抄目指して降下(こうか)された〈十字の光〉
1996年10月12日　山口県秋吉台にて撮影

知抄・光の足跡（そくせき）

（三）新人類への階梯（かいてい）

地球を救う　知抄の光と共に

〈闇（やみ）を駆逐する〉セミナー

二〇一九年七月十四日　岩間ホールにて

♡1 知抄の光は 実在です

人間を
苦しめているのは 人間です

天変地異でも、ましてや、光の源（みなもと）の御意思でもありません。

地球人類、各人が出す思考の、幾重にも綾なす闇（やみ）で、地球丸ごと、破壊的想念が増し、光でない方へと連れて行かれるからです。

――人間とは
本来 光そのものである――

という、この真理は、今、目の前で、刻一刻、各人の想念によって光と化した地球で具現化しています。

同じ地球に住みながら、同胞である人間が目先の利害によって傷付け合い、貧困や戦争の殺戮を繰り返しています。そして、破壊的想念の闇は、各人の弱い部分を、病という現症として、姿を見せています。

今、目の前に降臨されている知抄の光を浴び、受けとめた者は、

―― こんな筈では無かった ――

と、自分を生かしてくれている、本性の光に気付き、今迄の地球を振り返り、人間としての、自らの来し方を、恥辱の涙を流して悔やみはじめています。

それは、地球が変わり、光と化しているからです。知抄の光を

魂に掲げると、光へと引き上げて下さり、溺れている私を、必ず救って頂けているからです。それも二十四時間です。

光と化した地球では、肉体マントに付随していた既成概念は、既に、幻であり、もはや、実在として通用しなくなっているからでもあります。

私は、光の地球に生かされていることを感じると、嬉しく、楽しく、喜びの中に居るのが判ります。それでも、すぐに人間に戻り、肉体というマントに早変わりし、身も心も重くなります。すぐに、光の地球で溺れていることに気付きます。即、〈**智超法秘伝**〉を駆使し、知抄の光を求め、光に変身し、光へ光へと向かいます。それは、〈**魂の光**〉が、本当の私であることが、判っているから出来るのです。魂の光の解放を、熱き思いで願い、知

抄の光を、求める思い、これこそ、人間ではなく、

― 私は光である ―

この真理を、私なりに、受け止めている証と思います。そして、光の地球で、一瞬でも光へと引き上げて頂いて過ごせる事は、これぞ有史以来、かつてない、本当に、物凄い奇蹟です。そして、実在する知抄の光の威力です。

それは、地球を救う光の源、直系の御使者、生命の源、創造界より　人類を、地球を救う為に、救い主　知抄の光が、今、救い主　知抄として、知抄先生の魂に、降臨されているからです。

子供の頃感じていた、小さな虫や花との一体感、そして、空気の美味しさは、今も変わっていないと思います。変わったのは、私達人間の感性が、退化したのではと思います。

そのことは、五月一〇日に、サロン（二〇一一）で、本当に目の前に、天界のお花が、椿として現れた時に、私は、光そのものである光の目で、救い主知抄の（**十字の光・吾等**）と、共にあることを、確信出来ました。知抄先生の御自宅で咲いた、今迄見たこともない、美しい赤い椿でした。妖精さん達がいて、自然が調和し、人間同士が助け合って仲良く、本当の幸せと、豊かな地球へと誘って下さるのでした。いつまでも、いつまでも、私の中に、この椿は咲き続けています。

そして、六月二十八日の夜のお教室では、目の前の白い箱にいっぱい入った、美しく輝くすももに、瞠目しました。お庭で採れたすももは、その中に、光の赤ちゃんの様な光の方がおられました。その周りを、細かい色とりどりの、細い霧のような光が取り巻いて、光の毛布でくるみ、守っている様子でした。お教室は、一瞬で喜びに満ち、写真を撮るお方、浮上するお方で、嬉しくなって、喜びが爆発となりました。〈すもも〉も、放たれる〈妖精〉も、共に喜びと讃美と感謝の歌を歌っているのでした。本当に創造界の知抄の光の地球が、実在世界であることを、目の前で見せつけられる出来事でした。

椿の様に、そして、すももの様に、偉大なる知抄の光を浴び、その威力を全て受けとめ、光と化した新世界の一員に成れるよう、永遠なる光の道を、焦らず確実に歩みたいと思います。

万感の思いを込めて、救い主 知抄の光様と共に在る この幸せを

光の源へ捧げます。

二〇一九年 七月 十四日 （U・H）記

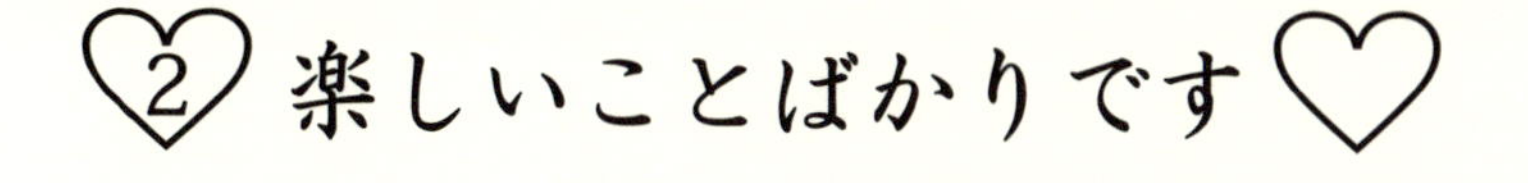

♡②楽しいことばかりです♡

今日サロン（201）に行くと、〈光の宴(うたげ)〉でした。沢山(たくさん)の美味しいものをごちそうになり、すてきなお花も頂きました。

更に、なんと、お電話で、知抄先生と会話出来たのです。急に私の身体は、軽くなり、とても、とても、HAPPYでした。

そして、昨日の（7月14日）セミナーでは、〈数(かず)え宇(う)多(た)〉を舞台上で共にうたい、とても嬉しかったです。

本当にありがとうございます。

2019年7月15日

（K・H）

☆ 汝(なんじ)に与えん
真紅(しんく)のバラを ☆

♡真紅のバラ（新世界での愛のシンボル）♡

3 娘のパニック発作が治癒しました

七月十四日は、岩間ホールで開催された

地球を救う 知抄の光と共に
〈闇を駆逐する〉セミナー

に参加でき、沢山の学びを頂きました。更に、光と化した地球に、自らが〈光そのもの〉になって、共存できるよう、今迄以上に頻繁に、魂の光を解放し、〈光そのもの〉でありたいとの思いが強くなりました。

そして、セミナー三日後の七月十七日、水曜日の天馬〈智超教室〉に、小学四年生の娘と参加致しました。数日前から夜になると、娘は恐怖心から、動悸や腹痛が起こりパニック発作で、苦しんでいたのです。当日は学校を早退して、一時三〇分からの智超教室に参加しました。自宅からは、一時間程の道のりですが、娘は、駅のホームで電車を待っている間も、身体が辛い様子で、座り込んでおりました。

― 知抄の光　娘をお助け下さい ―

と、お願いしながら、なんとか無事に、到着できました。お教室に入ってからの娘は、だんだんに元気を取り戻し、帰りには、いつもの天真爛漫な笑顔に戻りました。

この日の夜は、発作が起こりませんでした。

スタッフのお方に、

――学校に送り出す時は、光のカプセルに入れて送り出すといいです――

との、アドバイスを頂いておりました。翌朝になると娘は、腹痛もあり、学校に行くのを不安がりましたので、

――お母さんが光のカプセルに入れて、知抄の光に守って下さいってお願いするから。大丈夫！

と話すと、元気になって、学校へ出かけ、無事に何事もなく帰宅しました。

娘と共に、

―　守って頂けてありがたいね　―

―　ありがとうございます　―

と、魂の奥に在られる、知抄の光に感謝を捧げました。

今朝は、出かける際に

―　今日も　光のカプセルに入れて　―

と、自ら言ってきました。そしてありがたいことに、**〈水曜日〉**の**智超教室**に参加した日から、娘の発作は起こっておりません。

娘も、私も、嬉しくて、実在する知抄の光の威力に、**喜びと讃美と感謝**でいっぱいです。

――本当に、本当に、ありがとうございます！

今迄娘が、急に、怖がることはありましたが、それは、短時間でした。今回は、短期間に何度も起こり、それも不安感が長びくので、苦しむ娘を目の当たりにして、私も心配でした。

〈思考が闇であり
自分の出す内なる闇を切る術〉

を、セミナーで教えて頂いたことは、私にとっての、光への一歩でした。二時間の天馬教室での多くの学びと実践は、身も心も軽くなり、私の気持ちを明るく、前向きに切り替えることができました。

いざ　抜きて
行け　吹きすさぶ　嵐の荒野へ
行け　暗黒の世界へ
行け　求めし者のために
この　光の一点
やがて　煌(きら)めき
地球浄化のための
礎(いしずえ)となららん

一九九三年十一月二十五日
大分県宇佐市八面山にて　知抄　受託

④ 今和（こんわ）の新世界
それは　亡き兄も共（とも）に

知球暦一〇年、二〇一九年一〇月一〇日を迎える、直前の一〇月五日、前夜祭とも言える、素晴らしいセミナーを開催して頂き、本当に感謝の言葉もありません。

全ての参加者を、喜びと讃美と感謝・爆発！の〈今和（こんわ）〉の新世界へ、引き上げて頂きました。勿論（もちろん）、あとは、各人間次第（しだい）ですが……。それにしましても、昨夜、消防署より、子供の飲酒の件で連絡があり、事なきを得たものの、最初は何が起こったかと、知抄の光を魂に掲（かか）げ、全てを、光に〈ゆだね〉ておりました。

それと同時に、亡き兄のことが、脳裏に浮かんで来ておりました。丁度、セミナーの一週間程前になりますが、三十二年前に亡くなった兄の夢を見ておりました。古いヨーロッパのような街中を、一緒に笑いながら、ドライブしている夢でした。私達兄弟は、生まれた時から、東京育ちでした。私は子供の時から、毎日朝夕、仏壇の前に正座して、御先祖様を敬い、ご挨拶をしてから、一日が始まるのでした。一方兄は、無頓着で、

―― 人間が進歩すれば、宗教は無くなる ――

などと、話していました。兄は、幼少の頃から、神童と称される程賢く、駒場東邦から東大の文一（法科）に進学しました。誰に対しても優しく、分け隔てなく、誰からも好かれる、一点の非の打ちどころもない、立派な兄でした。人生これからと言う時に、

投薬中に酒を飲み、急性のアルコール中毒を起こし、二十七歳の若さで、帰らぬ人となりました。私が二十六歳の時でした。

今、振り返ると、その後、私が智超法秘伝の御本に出逢い、知抄先生の薫陶を得られる僥倖に、今あることも、あの世に逝った兄の願いと、私への思いやりのお蔭かと、今日気付くことが出来ました。

それは、東大に在学中の息子が、セミナーの前夜に、同窓会に出席し、帰りに友人宅で、初めてのお酒を飲み、急性アルコール中毒に近い状況になったことで、気付くことが出来たのです。一〇月五日のセミナーに参加することになっていた息子は、その前夜に泥酔してしまったのです。共に居た二人の友人が、心配のあまり、救急車を呼び、私が対応したのでした。

私達家族は、知抄の光に全てを〈ゆだね〉、息子の無事を祈念しました。そして、五日朝、息子は帰宅し、全く何もなかったように、二時からのセミナーに、参加出来たのでした。それも真っ白に、ピッカピカに輝いておりました。

私達家族の心配も忘れ去る程、二日酔いも無く、頭も痛くなく、喜び讃美感謝で、セミナーに参加出来たのです。

二〇一九年一〇月一〇日〈今和〉の新世界の到来は、顕幽両界共にです。そのことを、新人類として生きる私に、兄が、共に在ることを、三十二年ぶりに、息子を通して、その存在を見せたことに気付きました。賢い兄が、知抄の光で統一された、新しい地球に気付き、私を気遣い、兄も共に、新人類として、救い主知抄の光と共に在ることが判りました。

何から何まで、偉大なる威力と恩恵に預かり、全て無駄なく体験することで、前へ進むこと、有り難く受けとめました。

二〇一九年一〇月五日

（H・O）記

〈追　記〉

☆魂の光輝☆

――それは

自由人になることでした――

―姿なき　兄に感謝―

一冊の気で悟る〈気功瞑想法〉の魂の光輝への道しるべに、誘われて、ここまで来た私は、今になって、

―人間が進歩すれば、
宗教は無くなる―

と、申していた兄の言葉は真実であったことに気付かされました。
姿なき兄によって守られ、共にここまで歩めたことに感謝です。

⑤〈今和〉の新世界
新人類として生きます

本日は、知球暦一〇年の〈前夜祭〉となる、セミナー〈光の宴〉を開催して頂き、ありがとうございました。

朝、大阪を発つ前から、知抄様が、私の魂の中におられることを感じ、嬉しくて、有り難くて、

――喜び・讃美・感謝　爆発！

の中におりました。――

地球全土だけでなく、

宇宙の星々に　までも、

光の子らの、

喜び、讃美、感謝　爆発！

を、お届けしたいとの意気込みで

参加させて頂きました。

今日のセミナーで、一番強く印象に残っているのは、プログラム七番の、

――　喜び・讃美・感謝　爆発！

です。多くの光の仲間たちが、舞台上の方々共に、参加者全員が、しっかりと一人ひとりの腕の中に、地球を携え、捧げ持ち、

――何があっても、知抄の光と共(とも)に、
〈今和(こんわ)〉の新世界を
喜び・讃美・感謝 爆発！
で、新人類として 生き抜くぞ！
という、思いが伝わって来て、
物凄(ものすご)い決意と覚悟の、
喜び・讃美・感謝 爆発 ！
であったことです。

知球暦一〇年を五日後に迎える前夜に、このように一人ひとりが、強い決意と覚悟のもとに、光の河を渡りきったことが、どれ程の光の源(みなもと)からの、地球人類への救済であるか、その計(はか)り知れな

い恩恵とお導きに、平伏(ひれふ)して、感謝を捧げます。
今日のセミナーは、
知球暦一〇年　二〇一九年一〇月一〇日からは
〈今和(こんわ)〉の新世界の幕開けを、
　　　お知らせ頂けたこと。

　そして、

☆喜び・讃美・感謝の威力　第三巻☆
次元上昇し今　光と化している地球
　あなたも　新世界の地球人？
この新刊の、美しい

表紙カバーを、　拝見出来たこと。
智超法秘伝
――幸せを呼ぶ　数え宇多
――喜び・讃美・感謝の雄叫び
を、舞台上で共に実践・実行させて頂けたこと。
いつものことですが、
舞台上　ずらりと並ぶ、
実在する知抄の光の　御降臨された、
光の御写真の大パネル。
貴重な真実の証である　知抄の光との歩み。

十六　硬派変じて軟派

酒呑童子(しゅてんどうじ)に何時(いつ)しかコペルニクス的転回の変化が萌(きざ)した。

顕著な徴候としてはコンパ時の選曲に反映された。

詰(つ)まりは選曲が俄然様変(さまが)わりした。

如何(いか)なる心境の変容(へんよう)ならん。

では其(そ)の前後の差異(さい)を篤(とく)と御覧(ごろう)じろ。


（前）

　おっぴょ
一つ　見合いの席で漏らすのを〈禁手(きんて)オナラ〉と申します
　破談になりまする　おっぴょ
二つ　音無しで漏らすのを〈くノ一オナラ〉と申します
　忍びやかに臭(にお)いまする　おっぴょ
三つ　人前憚(はばか)らず漏らすのを〈物臭(ものぐさ)オナラ〉と申します

四つ　皆プイと顔を背けまする　おっぴょ
房事に漏らすのを〈弛緩オナラ〉と申します
やる気を失くしまする　おっぴょ
五つ　ひとりっきりで漏らすのを〈根暗オナラ〉と申します
音も心なし寂しげです　おっぴょ
六つ　離縁されて漏らすのを〈出戻りオナラ〉と申します
益々縁遠くなりまする　おっぴょ
（春歌「おっぴょ節」の替え歌）

（後）
死んでもあなたと暮らしていたいと
今日までつとめたこの私だけど
二人で育てた小鳥をにがし
二人でかいたこの絵燃やしましょう
何が悪いのか今もわからない
だれのせいなのか今もわからない

涙で綴りかけたお別れの手紙

（「手紙」由紀さおり）

返す返すも此の豹変ぶりは尋常ならぬ。

オイラ時を経ずして合点がいった。

目白駅最寄りの隠れ家的雰囲気漂うおでん屋でコンパを行ったときのこと。

予期せぬ椿事が終了後の下足場で起こった。

酒呑童子が上がり框に足を掛けた途端に一女子部員が現代っ子らしからぬ挙に打って出た。

周りにいた仲間が一様に息を呑む。

良妻賢母型女子大学の薫育を受けた婦女子ならいざ知らず男女同権の御時世に生を享けた女子学生が虚を衝く浮き世離れの行動に及んだ故もあって驚きも宜なる哉。

彼女下足箱からテキパキと酒呑童子のドタ靴を取り出すや三つ指つかん許りの蹲踞の低姿勢で恭しく三和土に揃えて並べた。

木下藤吉郎（豊臣秀吉）が主君織田信長の草履を懐にて温め差し出した逸話を髣髴させる。

果たせる哉其の場で同等の奉仕・恩恵に与った男子部員は酒呑童子を措いて皆無だった。

男子部員の誰も彼も当然の如く羨ましがった。

対照的に女子部員は誰しも「ふつう、そこまでやる？　やりすぎよ」と言いたげだ。

ともあれ彼女の滅私奉公的な件の挙措の意味するところは那辺に有りや。

野暮は言いっこなし。

兎にも角にも皆が皆唖然として声を呑むなか当の彼女は悪びれる風もなければ動じる気色も見られない。

飽く迄自然体を持する。

宛ら己が務めと心得ているが如く粛々として進める。

翔んでる女は得てして浮き上がり勝ち。

挙げ句多くの反感を買う。

彼女に限って然に非ず。

見事に遣って退けたとしか言いようがないくらい彼女の所作はドンピシャ決まっていた。

女子の鑑。

酒呑童子め短期の内によくぞ飼い馴らしたものだ。

オイラ変に感心した。

☆

後日酒呑童子と遭遇した際揶揄を飛ばした。

「それにしてもこのところ随分と女々しい曲調に様変わりしたもんだ。かつての豪気さが微塵もありゃしない。これまで軍歌・寮歌・春歌一辺倒のキミがいきなり「由紀さおり」の〈手紙〉ときた。

おっ魂消たの何の。

吃驚仰天有頂天だわ。

正直言ってカルチャーショックを受けたよ。ボクの見るところオヌシ恋をしてるな。恋など男子の為すべきことにあらずと豪語していたキミが水面下でナンパに血道を上げてたとはね。イヤアお釈迦様でも知るめえよ。キミも在り来たりの男に成り下がっちまったか。世も末だねえ」

此れほど彼氏の逆鱗に触れる旨好き放題言い立てても然り乍ら彼氏少しも臆する色を見せない。

屁の河童。平気の平左。蛙の面に小便。

此れも恋する者の強みか。

恋の底力たるや恐る可し。

構えて侮る可からず。

「男子たる者一度は恋を経験せにゃ本物の男にはなれん。恋して決して損はないぞ」

斯う嘯いて憚らない。

「この変節漢。転向者めが」

「古い上衣よサヨウナラさ。いのち短し恋せよ乙女朱き唇あせぬ間にだよ」

どこ吹く風。

「恋は古い細胞を一新してくれる。貴君にも是非勧めたいね」

逆に煽られる始末。

「浮かれ男の戯れ言かよ。余計なお世話さ。ボクの彼女を盗っといてそりゃないもんだ」

「彼女言ってたぜ。貴君は親切な先輩の一人に過ぎなかったってね。それ以上でもそれ以下でもないとさ」

「最初に彼女に目をつけたのはボクなんだわ。それを泥棒猫みたいにイケシャアシャアと横取りしやがって。それもよりによって友達の彼女をだよ。盗人猛々しいにも程があるわ」

「お門違いもいいとこだわ。恋は自由市場原理の適用になる世界だってこと知らないのかね。これって常識よ。貴君は残念ながら右原理の適用過程で篩い落とされたってわけ。まあ気を落としなさんな。若いんだからチャンスはこの先幾らでもあるさ」

「他人事だと思って。間男したくせに良く言うよ」

「間男とは心外だね。曲解も甚だしい。要は彼女が俺様を選んだってことさ」

「裏を返せばボクがバカを見たってことじゃないか」

「恋に勝者と敗者は付き物なんだわ。負けるが勝ちってこともある」

「気休めを言うなよ。キミは好い目を見て、さぞ、ご満悦だろうさ」

「貴君とて失恋の憂き目を見て一回りも二回りも人間的に成長した筈だわ。もって瞑すべしじゃないのよ」

「よせやい。お為ごかしは」

「差し詰め武者小路実篤『友情』の野島が貴君で大宮が俺様と言えないこともない」

「好い気なもんだ。この際言っとくけどキミは安易すぎるわ。子飼いの女子部員に手を出したりして。最低だわ。見損なったよ。もう少し骨のある男かと思ってたけどもね。とんだ思い違いだったみたいだわ」

「言葉を返すようだけど幸せの青い鳥は案外近場にいるもんさ。遠くて近いは男女の仲ってね。貴君もよおく覚えておきなよ」

相も変わらぬ売り言葉に買い言葉の応酬。

これこそ両者とも自家薬籠中の御手の物に他ならない。

其の意気や好し。

二人の息がピッタリ合ってる何よりの証拠だ。

☆

正直言ってオイラの彼女探しは次のとおり。

〈多情多恨〉

〈目移りする端っから手当たり次第〉

〈下手な鉄砲も数撃ちゃ当たる〉

元はと言えば件の彼女も複数の釣果のうちの一つ。

既にして出会い当初の熱き想いは色褪せ始めていた。

となればソロソロ退け時だ。

オイラの性向（熱しやすく冷めやすい）に鑑みるなら極自然の成り行きとも言える。

願わくは彼女に次なる相手が現れてくれないものか。

目論見通りになれば勿怪の幸い。

あとは身を引くだけのこと。

そうなれば無用の摩擦を回避できるわ好都合だわの戦略的互恵の一語に尽きる。

何なら熨斗を付けて彼女を進呈してもいい。

そんな思惑のところへ持って来て好都合にも酒呑童子が彼女に懸想してくれたとなれば正に渡りに舟だ。

〈捨てる神あれば拾う神あり〉

世の輪廻は見事と言う外ない。

御陰で手間が省けた。

かと言ってあからさまに手の内を明かしては余りに芸がない。

此処は本音を一先ず封印して一芝居打つに如くはない。

然すれば余程刺戟的な遣り取りが期待出来る。

無論喧嘩っ早い彼氏なら直ぐ様食らい付いてくるとの読みもあった。

何れにしろ彼氏があれ程短期に三つ指つかせる迄に彼女を教導するとは恐れ入った。

換言すれば恋する者は奴隷的献身も厭わないと言うことか。

到底オイラの想像を絶する。

翻って軍歌・寮歌・春歌の高歌放吟は何のかんの言っても持てぬ男の憂さ晴らしに過ぎぬ。

然りとて酒呑童子が得々として「手紙」の如き甘やかな曲節を口遊む豹変振りも許せぬ。

以ての外。

あな情けなや。

独り憤慨するも此れも又恋の魔力の成せる業かしらん。

恋を成就させた彼氏に引き換えオイラはと言えば相も変わらず引かれ者の小唄を放歌する為体。

これぞまさしく真の恋に無縁男の性なるべし。

☆

斯くて己が大学生活は可もなく不可もなく暮れゆく。

次（つぎ）なる歌に後事（こうじ）を託（たく）すより外（ほか）に術（すべ）なし。

希望という名のあなたをたずねて
遠い国へとまた汽車に乗る
あなたは昔の私の思い出
ふるさとの夢はじめての恋
けれど私がおとなになった日に
黙ってどこかへ立ち去ったあなた
いつかあなたにまたあうまでは
私の旅は終わりのない旅

（「希望」岸洋子）

（了）

＊本作品が描く時代に使用されていた社会風俗や表現が含まれています。

後書き

第一創作集を二十八歳の時に出版しました。

あれから、幾星霜を閲したことやら。

漸くにして、小説の神様が、遅蒔きながら、降臨してくれました。

おかげで、今回、出版に漕ぎ着けることが出来ました。

思えば、この度の創作に就き、大いに刺戟と触発を受けた作品があります。

この小説を読んでいなければ、恐らく、今回のような書き方の小説は著し得なかったと思うくらい、多大なる影響を受けました。

それはアイルランドの作家ジェイムズ・ジョイスの「ユリシーズ」でした。

言葉の魔術師と称されたジョイスの技量が遺憾なく発揮された作品です。

この小説の感化を受けて、今回の小説を物することができました。

小生にとっては、見えざる小説の神様の手に導かれて書かせて貰ったような気がしています。

無論、今回の小説は、小説作法において、まだまだ拙い箇所があり、江湖の好評を博すなど望むべくもありませんが、それでも、これからの創作において手応えのようなものを感じています。

願わくは、何人かの人が、興味を持って手に取って頂けたら、望外の幸せであります。

何年後かには、次なる作品の出版も視野に入れています。

また、読者の方々に、おめもじかないますことを切に願っています。

それでは、それまで、暫しのお別れです。

令和六年七月二十八日

著　者

著者プロフィール

北海 純夫（きたみ すみお）

本名・菅原正視（すがわら・まさみ）

1948年（昭和23年7月28日）北海道生まれ。昭和47年3月学習院大学法学部法律学科卒業。

昭和47年4月裁判所に就職し、その後、平成23年6月に退職するまで凡そ39年2か月にわたって勤務する。

高校時にヘルマン・ヘッセの「郷愁」を読んで、その余りに詩的な文体に魅了され、文学に目覚める。

その後、28歳の時に第一創作集を出版する。退職後、アイルランドの作家ジェイムズ・ジョイス「ユリシーズ」の言葉の魔術師的文体の感化を受けて俄然創作欲が旺盛となる。

さらばわれらが惑いの年

2024年10月15日　初版第1刷発行

著　者　北海 純夫
発行者　瓜谷 綱延
発行所　株式会社文芸社
〒160-0022　東京都新宿区新宿1－10－1
電話　03-5369-3060（代表）
03-5369-2299（販売）

印刷所　TOPPANクロレ株式会社

ISBN978-4-286-25632-0　JASRAC 出 2403921 － 401

〈快〉が股座辺(またぐらへん)から緩(ゆる)りと立ち上(のぼ)り脳中枢へと晴れやかに突き抜ける。

一度嵌(は)まったら最後依存症に陥りそう。

味を占めて否応なしにのめり込みそうだ。

自慰中毒になるのに大(たい)して時日(じじつ)を要しなかった。

小中高を通じて〈自慰〉とは不即不離の良好な関係を保持した。

〈自慰〉は手遊(てすさ)びの手解(てほど)きを伝授する悪友で有り続けた。

否(いや)秘め事の〈快〉を献ずる益友でも有った。

年々〈欲動(リビドー)〉の昂揚(こうよう)とともに付き合いの親密さの度も増していった。

翻(ひるがえ)って此の良き友を日陰者(ひかげもの)に追い遣(や)って早久(はやひさ)しい。

恐らく此(こ)れからもズウッと其の存在に就(つ)き直隠(ひたかく)しにする積(つ)もりだ。

屹度(きっと)彼も此の境遇に甘んじてくれるに相違ない。

☆

大学進学後〈欲動(リビドー)〉の昂進(こうしん)に連動して〈自慰〉の頻度も幾何級数的に増えた。

〈自慰〉の活躍には目を瞠(みは)るものがあった。

場合によっては暴発寸前の〈獣性〉を宥(なだ)め賺(すか)す許(ばか)りか防遏(ぼうあつ)してもくれた。

特筆すべき功労は射出により〈欲動〉の膨満肥大化を散じてくれたことに尽きる。

果たせる哉斯くして〈自慰〉は股間の危急艱難に際して〈メシア〉となった。

それにつけても返す返す股間に飾り物然として畏まる此の根付けは何とも珍奇チンケ奇妙奇天烈な代物であることやら。股間に位置する曲者には違いない。

人体中、心臓部を洛内と見立てるならば当該股間部は差し詰め僻陬の洛外に相当する。

狐狸魍魎の類が棲息蟠踞する巣窟。

中央の統べ治めることなき化外の異域。

仮にコントロールが及んだところで従容として傅き右へ倣えする殊勝さは毛筋ほどもない。

気に食わねば忽ちにして荒れ狂い外方を向く。

意に沿うかどうかは要は虫の居所次第だ。

亦斯うも言える。

若者は皆股間に〈自爆装置〉若しくは〈瞬間湯沸かし器〉を括り付けているようなものだ。

何時何時一寸した物の弾みで誤爆・沸騰の危殆に瀕するやも知れぬ。

となれば危難回避の弥縫（びほう）策として〈自慰〉の射出は欠かせない。

オイラ週一遍の割合で性犯罪者に堕（だ）さないためにも〈自慰〉に勤（いそ）しんだ。

其の御陰（おかげ）を以（もっ）て今の処（ところ）〈野獣派〉に与（くみ）せずに済んでいる。

ぶっちゃけた話〈自慰〉も言うところの生理現象の一つに過ぎない。

表向きは排尿等と何等（なんら）変わるところがない。

☆

春情止み難し。

午后（ごご）から講義に出る可（べ）く部屋を立った。

途中何を血迷ったか急遽踵（きゅうきょきびす）を返した。

〈異常性愛記録ハレンチ〉

此（こ）のタイトルの所為歟（せいか）。

路辺（ろへん）の電柱に貼付（ちょうふ）の映画ポスターを目にしたのが運の尽き。

どぎついタイトルに食指（しょくし）が動く。

潜在下の〈欲動（リビドー）〉をそそられて顕在化する。

態々（わざわざ）寝た子を起こしたのも件（くだん）のポスターが目路（めじ）の半角を過（よ）ぎった為に他ならぬ。

今のオイラはエロスの機を見るに敏。

〈野獣派〉が如上のポスターを看過する筈がない。

ポスターに為て遣られた。

今や脳内は〈欲動〉髄液充溢情態に有り。

此の溢水の勢威に対して棹差し抗う術とて無し。

無論〈自慰〉にて射出す可く部屋へ逆戻りした次第だ。

御陰で欠かさず受講していたK講師の「論理学概論」の講義もサボる羽目に。

泣く子と〈欲動〉には勝てぬと言うことか。

☆

自らに課した〈自慰〉の頻数は週一回。

如何にも身を持するようで聞こえはいいが其の実男性週刊誌（平凡パンチ）の受け売りに過ぎない。

従って浮薄軽佻の誹りを免れないところだ。

其の中に過度の〈自慰〉は身を損ねる故を以て慎むよう警告を発していた。

其の掲載記事にちょいと乗せられた格好だ。

一昨日輪精管を介してタンマリ搾(しぼ)った許(ばか)り。

ぶちまけ飛散させた体液(スペルマ)は粘(ねば)りと言い張りと言い艶(つや)と言い濃さと言い申し分なかった。

中高年の水っぽい体液(スペルマ)に比して質的に凌駕(りょうが)する。

此(こ)の体液(スペルマ)を以(もっ)てすれば如何なる不妊症の女子(おなご)とて立ちどころに孕妊(ようにん)をすること請け合いだ。

需給の平仄(ひょうそく)が合わない事(こと)体液(スペルマ)に関して其(そ)れは無い。

消尽(しょうじん)したならば即其(そくそ)の分再生される仕組みだ。

需給の帳尻は常に符合する。

そうであれば我等が賦活旺盛な生殖細胞は旬日(じゅんじつ)を経(へ)ずして嚢中(のうちゅう)に射出前の喫水線(きっすいせん)迄体液(スペルマ)の量を恢復(かいふく)する筈(はず)だ。

　そよげる
　やはらかい草の影から
　花やかにいきいきと目をさましてくる情慾
　燃えあがるやうに
　たのしく

うれしく
　こころ春めく春の感情
　　　　　　　（「青猫」萩原朔太郎）

☆

〈異常性愛記録ハレンチ〉
此のタイトルは性感を絶頂迄昂進使嗾せしめる触媒としては随一だ。
且つ又煽情的タイトルとしても白眉。
タイトルの一字一句が火群の如くに妖しく躍る。
更に誘惑的で刺戟に満ち満ちている。
亦更には蠱惑的な箭を以て股間を射抜く。
事程然様に件のタイトルはオナペットのツールとしても出色。
淫らな妄想を逞しゅうするにも申し分なき逸品。
次にオイラの〈自慰〉の仕様を御披露申し上げる。
　性感の昂りと併行して股間の挟撃により〈如意棒〉を扱く。
軈て〈如意棒〉に顕著な硬度の徴候が現れ出る。

平生はパンツ内で妙に畏まり萎縮しているのが（其の點では一応礼節を弁えている）一転して君子豹変する。

荒ぶるわ偉ぶるわ踏ん反り返るわ高慢ちきになるわ礼を失するわで人格破綻此処に極まる。

亦感の方も極まって水鉄砲を勢いよく噴射する。

〈自慰〉の一連の道程を戦闘に喩えると。

①戦意昂揚（性感昂揚）の脳（司令塔）。

②脳（司令塔）から股間へ動員（先遣隊）を指令。

③盈つ迄血流の土塁（海綿体）が築かれる。

④直金城湯池の堅塁が仕上がる。

※此れを〈勃起〉と称する。

⑤既に戦端開かれ攻撃態勢準備完了。

⑥吶喊せよとの号令。

⑦億万の精鋭（精虫）が雄々しく猛々しく嚢中睾丸から跳び出す。

※此れを言わずと知れた〈射精〉と称す。

射精の結果可成りの分量が奔出した。

「名もなき戦士（精虫）たちよ
　嚢中から一気に飛び出して
　敵陣（子宮）めがけて吶喊だ
　まっしぐらに突き進め
　同胞たちの屍山血河を乗り越えて
　刀折れ矢尽きるまで
　やれ行け　いざ行け　それ行け　どんと行け」

体液の四散防護用に予め〈如意棒〉にティッシュをグルグル巻きにしておいた。
体液を搦め捕ったティッシュは早トロトロのパルプ様の様相を呈する。
一時の空威張りがあれよあれよという間に蹴散らかされて見る間に尻窄まりと化す。
荒ぶる益荒男振りが跡形もなく霧消し去った。

☆

〈自慰〉は返す返すも生殖的には無駄撃ちの最たるものだ。
億万の精鋭（精虫）が難攻不落の牙城（子宮）を一散に目指して我勝ちに勇躍挑む。

なれど牙城（子宮）に行き着く者は皆無。
辿り着く手前で憤死・悶死・壊死の憂き目を見る。
悉皆膣外射精により無駄死ににて終焉となる。
死へ追い遣りしオイラは罪業深重の罪人なり。
其の罪万死に当たる。
精鋭（精虫）を悉く犬死にさせしオイラこそ張本人に他ならない。
精鋭（精虫）の死屍累々たる屍山血河。
命（嗣子）を次代に継ぐことなき斃死ならん。

「弔詞
ここに謹んで英霊たちに対して哀悼の意を表する
戦士（精虫）たちよ
そなたたちはよくぞ我が身を顧みず勇猛果敢に孤軍奮闘なされた
しかも実に身を捨ててこそ浮かぶ瀬もあれを実践躬行なされた
ただ生き残りの一戦士（精虫）を措いて他の億万の戦士（精虫）たちは返す返すも惜
しむらくは敵陣（子宮）に至らず憤死なされた

　玉よ砕けんとばかりに散華（さんげ）し挙（こぞ）って玉砕（ぎょくさい）なされた
　一同万斛（ばんこく）の涙を禁じ得ぬ
　願わくは御霊（みたま）の安らかならんことを」

思うに精鋭（精虫）の定めは討（う）ち死（じ）にしかないの歟（か）。

夥（おびただ）しい英霊（えいれい）となって殷々（いんいん）たる呪詛（じゅそ）の大音量を発する。

そいつが夢魔の如く耳底（じてい）で谺（こだま）する。

啻（ただ）に精鋭（精虫）の死苦（しく）の責（せ）めを負うのは素（もと）よりオイラ一人を措（お）いて有り得ない。

返（かえ）す返（がえ）すも彼等の末路は悲惨を極める。

或る者は下水溝に屠（ほふ）られて〈水漬（みづ）く屍（かばね）〉と化す。

亦（また）或る者は屑籠にティッシュごと放置され干涸（ひから）びて〈草生（くさむ）す屍（かばね）〉と成り果てる。

　海行かば　水漬（みづ）く屍（かばね）
　山行かば　草生（くさむ）す屍（かばね）
　大君（おおきみ）の　辺（へ）にこそ死なめ
　　　（「万葉集巻第十八」大伴宿禰（すくね）家持）

未生（みしょう）以前の精鋭（精虫）の玉砕（ぎょくさい）せし御霊（みたま）に茲（ここ）に謹（つつし）んで鎮魂哀悼の真（まこと）を捧持（ほうじ）奉（たてまつ）る。

然う言えば埴谷雄高『死霊』中にも精虫虐殺抗議の記述が散見されたっけ。

六　オッケー（包茎）牧場の決闘

酒呑童子が珍しく自室を訪う。
又々掛け合い漫才の仕切り直しかいな。
然に非ず。
酒呑童子の用向きは彼氏らしくもない至極真っ当なものだった。
「おい即席で法律をレクチャーしてくれや」
一週間後に期末考査が迫っていた。
将来司法試験を目指していたオイラを当て込んで転がり込んできたというわけだ。
酒呑童子も一応法学部に籍を置いていた。
だが法律とは反りが合わなかったよう。
法律其方退けで政治学に血道を上げた。
「一日でマスター可能なダイジェスト版で頼むわ」
〈ローマは一日にして成らず〉

無い物ねだりも好い所だ。

そんな安直で手軽な勉強法が存したらそれこそオイラの方が御伝授願いたいものだ。

「貴君を法律の大家と見込んで態々こうして足を運び三顧の礼を尽くしている。当方の誠意を汲んで呉れ呉れもよしなにな」

酒呑童子は頻りとヨイショし持ち上げた。

「第一、人に教えることはだね畢竟己がためにもなるんだわ。つまり知識の再確認にもなるし更には既存の知識を揺るぎない盤石のものとする効用がある。どうだね好いこと尽くめじゃないか」

流石は政治学を専攻する丈あって何方へ転んでも損のない巧妙且つ狡猾な修辞を弄する。

彼氏からしたらオイラを籠絡すること抔チョロイものだろう。

何時しか彼氏の術中に嵌まっていた。

彼氏は兎に角呑み込みが早い。

法律試験科目の論点（勘所）を掻い摘んで説明すると要は斯く斯く然々のことかと打てば響く反応が即座に返ってきた。

此れがどうしてどうして結構的を射ていたからオイラ一驚を喫した。

逆に教える側の此方が汗顔の至りになりかけたことも。

未だ通説を見るに至っていない法律上の難問をズバリ突き付けられて返答に窮したことも。

「重箱の隅をほじくる質問はよせやい。そんなとこ試験に出やしないって」

オイラ弱みを気取られまいとして俄然強気に出る。

せめても教える側としての面目を施そうと。

意地でも知らぬとは言いだせやしない。

法律知識は彼氏よりも上だとの自負と矜持を以てすれば不甲斐無さは構えて見せられやしない。

イソップ寓話に高くて届かない葡萄の木の実を酸っぱいと負け惜しみを言い募る狐の挿話が載っているが正しく此のときのオイラは狐そのものだ。

彼氏は動物的勘を以て殊更オイラの弱点を衝いてくる。

(こん畜生め!)

此の際麗しき師弟関係を二人に求めること自体が望む可くもなかった。

神宮外苑フィットネスの〈親子教室〉に、娘と共(とも)に参加させて
頂いております。

二〇一九年九月十五日

☆恐怖心
　不安感
　　緊張感
すべて
知抄の光に　ゆだねる　☆

知抄の光を浴びて　主人はよみがえりました

結婚四年目の春、私達が、マイホームに転居した数ヵ月後のことでした。主人が首の痛みを訴えるようになり、日に日に悪化していく様子が心配で、受診を勧めたところ、首の数ヵ所にヘルニアがあることが判りました。

治療のめどが立たず、安静にするしかない状況の中で、仕事も休みがちになり、とうとう座っていることも、横になっていることも、辛い状態になってしまったのです。主人は、二年前に〈**後縦靭帯骨化症**〉という、難病にかかり、手術をしております。

一皮剥けば二人は好敵手同士に他ならない。
抑　相容れない関係だ。
決着を付けずばなるまいて。
彼氏が泣きどころを衝いて来ればオイラもムラムラと対抗意識を燃やす。
闇々と一敗、地に塗れてなるものか。
延々押し問答を張り合っていれば好い加減疲労困憊の態だ。
〈若さとバカさは紙一重〉
「嗚呼草臥れた。一息入れようぜ」
オイラ堪らず休戦を申し入れる。
無論彼氏も異存無し。
「ひとっぷろ浴びてこようぜ」
突っ掛けを引っ掛けて二人して最寄りの銭湯に出掛ける。
肩肘張り過ぎて血行の巡りが悪くなっていた。
凝りを解すには湯に浸かるに如くはない。
一番乗りを果たした新湯の浴室内はガラ空き。

貸し切り同然だ。
互いに嘘も隠しもないスッポンポンの裸の付き合い茲に極まる。
隣り合わせに並んで體を洗う。
矢っ張り気になり横目でチラリと。
彼氏は洗髪に余念がない。
此れ幸いと許り更に探りを入れる。
目の付け所は唯一箇所此れ有るのみ。
篤と観察を望むなら彼氏の注意が逸れている今を措いてなかった。
何てったってフリチンだしね。
又とない裸眼によるシャッターチャンス。
御陰でバッチリ拝ませて貰った。
何故かしら違和感を覚えた。
勿論彼氏の剥き身（陰茎）に対して。

☆

「嗚呼スッキリしたわ」

両者の口辺から同一の吐息が漏れ出た。

入浴後出掛けた序でに食事所で夕食を済ませた。

天丼をごちになった。

「悪いな」

「教えを乞うてる身なのに貴君に出させちゃ武士の名折れだからね」

「お互いに貧乏学生なんだからさ無理すんなよ」

「痩せても枯れても」

「そう大上段に来なすったか」

「歯に衣着せぬ物言いをするためにも借りはチャンと返しておかんとね。弱みを握られたままじゃ敵わんからな」

「戦略的互恵関係ってやつかい」

☆

火灯し頃パチンコ店は店仕舞い。

替わって二階のスナックのネオンサインに灯が点る。

BGM（歌謡曲）が流れる。

恋にせつなく　降る雨も
ひとりぼっちにゃ　つれないの
夜の新宿　こぼれ花
涙かんでも　泣きはせぬ

（「新宿ブルース」扇ひろ子）


酒呑童子と部屋に戻って暫し歓談。

「面白い建物だな」

「何が？」

「だって昼間はパチンコ店の軍艦マーチだろ。夕方からはスナックの歌謡曲じゃないか」

「それで驚いちゃいけないよ。更に上前をはねるのがあるんだから。草木も眠る丑三つ時。上階の雀荘から突如深夜のしじまを破る剣戟の響き。いな徹マンの麻雀牌を掻き回すチャラチャラ（ジャラジャラ）音。こいつを子守歌代わりに寝に就くのさ」

「へえ枕上の天井裏から子守歌ねえ。そいつはいいや。洒落てるねえ。今夜が楽しみだ。俺様もそいつを子守歌代わりに就眠するとすっか」

「おい帰るんじゃなかったのかよ」

「気が変わったよ。此処が偉く気に入ってねえ。厄介になるぜ」

「おいおい勝手に決めるなよ」

☆

さあて此れより掛け合い漫才の開演。
突っ込み役（酒呑童子）／ボケ役（オイラ）
突っ込み役　ところで貴君は女子を知ってるのか？
ボケ役　何を言いだすかと思いきや。今の発言は発禁処分もんだぜ。で、そういうキミはどうなのさ。
突っ込み役　当ててみな。
ボケ役　キミは絶対に初体験を済ましてるわ。
突っ込み役　〈絶対〉なんて滅多なことを言うもんじゃないぜ。バルザックに『絶対の探求』、倉田百三に『絶対的生活』てのがあったけど〈絶対〉を持ち出すなんてヤケに自信タップリじゃないのよ。俺様の過去を知らずして何で〈絶対〉などと言い切れるんだよ。口から出任せを言うなって。
ボケ役　じゃあ言おう。キミの張形（陰茎）を見りゃあ一目瞭然だわ。

突っ込み役　この野郎め。さては銭湯でピーピング・トムしやがったな。只見は御法度。チン（賃）料を払いな。

ボケ役　ええ、ええ、とくと拝見させて貰いましたよ。立派なもんでしたわ。

突っ込み役　貴君に窃視症の病歴があったとはな。恐れ入谷の鬼子母神、おどろき桃の木山椒の木だわ。

ボケ役　キミこそ武士を自任するわりに隙だらけじゃないか。

突っ込み役　俺様としたことが。迂闊だったわ。貴君はさっき柳に風と受け流せぬことをヌかしおったな。俺様のチンチンがどったらこったらと。一方で替辞を呈しながら他方で貶めるとは何事ぞ。

ボケ役　たっての希望とあらば聞かせて進ぜよう。キミの張形（陰茎）の筒先（亀頭）が問題なのさ。

突っ込み役　何だと。

ボケ役　だって露出してるじゃないか。

突っ込み役　ふつう剥けてるもんだろ。そういう貴君は剥けてないのか。薦かぶりの皮かむり（包茎）かよ。

ボケ役　皮かむり、何だよ、それ？　よく分かんないけど。
突っ込み役　亀頭さんが包皮で過保護に防護されて剥き身になってない包茎さんのことだよ。
ボケ役　オイラのチンチンそうだけど。
突っ込み役　そう自信たっぷり言われてもな。
ボケ役　オイラのチンチンの形態こそ本来の有るべき真っ当な姿じゃないか。だって考えてもみろよ。チンチンは場合によってはとんでもない悪さをしでかす。女子に対しては時として凶器に一変する。強姦魔の張形（陰茎）が好個の例さ。取り扱いには要注意の代物だ。なのにキミのチンチンときたら亀頭が露出してるではないか。言わば凶刃を白日の下にさらけ出しているようなもんじゃないか。武士をもって自任するなら風上にも置けないやね。鞘にキチンと収納しておけと声を大にして強調したいね。
突っ込み役　貴君の御託は一向に要領を得んわい。チンプンカンプンだ。
ボケ役　オイラ何も難しいことを言ったつもりはないぜ。危険物はキチッと鞘（包皮）に収めておくのが嗜みというもの。そう言ってるだけさ。正論を述べてるだけだよ。
突っ込み役　何が正論だ。聞いて呆れるね。お門違いもいいとこだわ。

ボケ役　その言葉聞き捨てならんね。
突っ込み役　貴君の無知には恐れ入るわ。蒙昧ほど怖いものはないねえ。貴君に忠告しておくけど俺様の前だから事なきを得ているようなものの俺様以外の前で無知をさらけ出せば満座の中で大恥を掻く羽目になるぜ。貴君の蒙をひらくためにも此の際ハッキリ言おうじゃないの。
ボケ役　勿体ぶるなよ。
突っ込み役　じゃ言おう。大概の男は一人前になるにつれて剥けてくるんだわ。一皮剥けて大人になってくんだよ。
ボケ役　嘘っぱちだ。
突っ込み役　実は俺様も貴君のイチモツを銭湯でチラリと拝ませてもらったよ。
ボケ役　な、何と。油断も隙もなんねえな。
突っ込み役　さっそく観察結果を伝えるよ。包皮を被ったままの亀頭から推察して貴君のイチモツはいまだ未成熟の状態に留まっていると言うことだ。薦かぶりを脱して初めて一丁前の男子のイチモツと言えるのさ。
ボケ役　何だよキミはオイラのチンチンを悪意をもって貶める気かよ。

突っ込み役　俺様はコモンセンスを言ってるだけさ。

ボケ役　得心がいかないね。断然キミのチンチンは天然自然の摂理に背いてるよ。亀頭まで深々と鞘（包皮）が覆い尽くすオイラのチンチンの形態こそ正統を行く有るべきチンチンの勇姿さ。それが男子たるものの嗜みと言うものだよ。

突っ込み役　呆れて二の句が継げないや。いやあ恐れ入ったねえ。無知も此処まできたら末恐ろしいわ。悪いことは言わない。早く迷妄から覚めろよ、な。

ボケ役　さては又々まやかしの言葉を使ってオイラをケムに巻く気だな。

突っ込み役　邪推しなさんな。この際ハッキリさせておくけど俺様のイチモツこそ正道を行く魔羅だからな。

ボケ役　だったらオイラのチンチンは出来損ないの欠陥品だとでも言いたいのかよ。こき下ろすのも大概にしなよ。

突っ込み役　論より証拠。一度字引で〈包茎〉の項を引いてみなよ。〈包茎〉とは〈大人になっても陰茎の先が皮で包まれている状態〉との説明を見いだすはず。貴君の思い込みも一遍にぶっ飛ぶこと請け合いだわ。

ボケ役　何を言うか。オイラ実証的見地から述べてる。単なる思い込みとは訳が違う。その見地から物申すならキミはホボ間違いなく初体験を済ましてる。いな、それのみならず度々女子と接触を持ってるわ。

突っ込み役　誤解してるようだからじゃあ正直に言おう。俺様は正真正銘の童貞だよ。機会があればオサラバしたいと切に願ってることだけは確かさ。

ボケ役　嘘つくなって。オイラは童貞でもキミは断じて童貞じゃないよ。オイラの目は節穴じゃない。誤魔化そうとしてもそうはいかない。この期に及んでしらばっくれるのは止せやい。

突っ込み役　おいおい、お白州で諸肌脱いで啖呵を切る遠山の金さん気取りかよ。思うに貴君には思い込みの傾向が強いようだね。兎に角これ以上やり合っても埒が明かないからさ何度も言うようだけど騙されたと思って医学書の包茎の項目を繙いてみろよ。貴君の誤解（曲解）は立ちどころに氷解するからさ。

ボケ役　今日のところはキミに敬意を表して一応引き下がるが念のために言っとくけど飽くまで後日を期するためであって構えて白旗を掲げたわけじゃないからね。くれぐれもお忘れなく。

突っ込み役　この意地っ張りめが。

☆

気になって早速大学図書館で医学事典の当該事項を閲覧して吃驚・仰天・有頂天。
何とまあ彼氏の持説を裏付けているではないか。
オイラの論拠が脆くも崩れた格好だ。
根も葉もない世迷い言に過ぎなかった旨思い知らされた。
何ともはや正論に値せぬ俗論に過ぎなかったとは。
トホホホ……。
完膚なきまでに叩きのめされた次第だ。
考え方の道筋としてはいい線行ってると思ったんだがなあ。
ひとしきりボヤいた。
ムシャクシャした。
ショックが余りに大きかった。

七　オナペット

何もかも忘れて憂さ晴らしせずにいられなかった。
今回も現実逃避の手っ取り早い安易な手段に寄り掛かった。
又しても言わずと知れた〈自慰〉に走った。
昼日中からアパートの一室に籠もって〈自慰〉に邁進した。
〈自慰〉は思わぬ副次的効果を呼び込んでくれた。
即ち淫らな想念を逞しゅうする能力に長けてきた。
今日も其の底力を思う存分発揮した。
何と言っても〈自慰〉の瞬発力を促すには起爆剤が入り用。
オイラに取ってはオナペットの一語に尽きる。
その標的（人身御供）とされたのが過日部室にふらりと立ち寄った独文科の女子。
中々の美形（明眸皓歯）。
巧まざる妄想が我が脳漿の画布に彼女の姿態を映し出す。

そうして猥りがましい好色の顔料を塗り立てる。

其の前に彼女が部室にやって来た経緯を述べると。

其のとき偶々部室にはオイラ一人だけがいた。

次の講義迄の待ち時間を潰していた。

行儀其方退けで部室の茣蓙の上に寝転んで『人間の條件（五味川純平著）』に読み耽っていた。


千頁に余る一冊本。

浩瀚な本の厚さを差っ引いても余り有る面白さだ。

簡勁な詩的文体。

頁を繰るほどに魅せられる。

丁度そんな矢先に彼女が現れた。

来るなり参禅体験がしたいと来意を告げた。

そこで早速禅堂に請じ入れた。

聞き齧り（受け売り）坐禅作法を一通り伝授した。

「先ずは習うより慣れよ」

取り敢（あ）えず坐禅の組み方を率先して実演して見せた。

其の後彼女にも結跏趺坐（けっかふざ）若しく半跏趺坐（はんかふざ）で坐禅を組むよう勧（すす）めた。

彼女は頷（うなず）くや畳（たたみ）敷（じ）きの座（ざ）で坐禅を組んだ。

そうして教えたとおりに眼瞼（がんけん）を半眼（はんがん）に閉（と）じた。

当然目線は下向きの伏し目がちになる。

（よう、この瞬間を待ってました）

彼女に寄せる性的な利益誘導にまんまと成功して内心ほくそ笑（え）んだ。

邪（よこしま）なる悪心。

雲霞（うんか）の如くに湧出（ゆうしゅつ）。

将又（はたまた）お為（ため）ごかしの親切心。

〈幽霊の正体見たり枯れ尾花〉

その顰（ひそ）みに倣（なら）うなら〈おまえさんの正体見たり助兵衛下心〉と言うべきか。

彼女の知らぬが仏を奇貨（きか）として挙げ句あざとく覗き見趣味に憂き身を窶（やつ）す。

彼女の素知らぬ旨よいことに彼女の胸の辺を集中的に睨（ね）め回（まわ）す。

絡（から）み付くように、しつっこく、ねちっこく。

斯くて餓鬼道に頭を突っ込む。
別けても彼女のボディーのうち胸部の二顆は誘惑的だ。
目立って雌的典型的な有り様を具現していた。
如上の蠱惑的な球体の力感は眩惑を以て目の遣り場を釘付けにした。
ここを先途と妄想の飛翔飛躍を藉りて彼女の姿態を恣にいたぶる。
思いっきり猥りがましく。思いっきり淫らがましく。

ああわたしはしっかりとおまへの乳房を抱きしめる、
お前はお前で力いっぱいに私のからだを押へつける、
さうしてこの人気のない野原の中で、
わたしたちは蛇のやうなあそびをしよう、
ああ私は私できりきりとお前を可愛がつてやり、
おまへの美しい皮膚の上に、青い草の葉の汁をぬりつけてやる。
（「月に吠える」萩原朔太郎）

来る日も来る日も溜め込んだ〈欲動〉を憑かれたように（焦燥に駆られたように）放散し且つ消尽した。

餓えた如くに続け様なる飛散の挙に出た。
斯くして如上の彼女をオナペットにして一日が射出の随に打ち過ぎた。
懶い疲労感の漂うなかアンニュイな曲調を聴き乍ら暫し微睡む。

　夜と朝のあいだにひとりの私
　天使の歌をきいている
　死人のように
　夜と朝のあいだにひとりの私
　指を折ってはくりかえす
　数はつきない
　遠くこだまをひいている
　鎖につながれたむく犬よ
　おまえも静かに眠れ
　おまえも静かに眠れ

（「夜と朝のあいだに」ピーター）

☆

陽（ひ）の落ちた夕刻。

やおら覚醒。

かったるい。

ゲンナリ感が身体髪膚（はっぷ）を圧している。

それも道理。

睾丸嚢中（こうがんのうちゅう）の体液（スペルマ）が悉皆（しっかい）出尽（でつ）くしていた。

体力が漉（こ）し取られ干上（ひあ）がっていた。

水分と脂分（あぶらぶん）とが払底（ふってい）していた。

體（からだ）が或る物質を欲して止（や）まない。

最早（もはや）居ても立ってもいられぬ。

取り敢（あ）えず駅前のホルモン焼きの店へ直行した。

中央線阿佐ヶ谷駅の裏手の庶民派の飲み屋が寄り合い軒（のき）を連（つら）ねる一角。

お目当ての店があった。

火灯（ひとも）し頃三々五々（さんさんごご）素性（すじょう）の怪しき風体（ふうてい）の連中や飲み助どもが何時（いつ）とはなしに此（こ）の一角の雑踏に群れ集（つど）う。

銘々の常連さんたちだ。

駅の直近に位置する利便性から可成りアルコール濃度が上がっても後発電車乗り遅れる虞もない。

そんな気安さからか夜通し賑々しい。

一軒の焼鳥屋の縄暖簾を潜る。

備長炭の炭火がカッカしている。

遠火の強火で串刺しの精肉をじっくり炙る。

狭い店内のカウンターには早くも臓腑を刺戟する濃厚な匂いと煙が立ち込める。

冷えたジョッキ生のホップの利いた琥珀の液体とモツ（シロ）の脂身が喉越しに染み透る。

五臓六腑がわななく。

（漸くにして精気が甦ってきたわい。明日から又扱くとしよう）

八　ポンユー（朋友）

先輩の誰かが置き土産にしていった『されどわれらが日々（柴田翔）』を講義の合間に部室で読み耽っていると酒呑童子がひょっくり顔出しした。

「よう、この間は厄介になったな。ダンケダンケ」

相変わらず屈託がない。

ご愛嬌にも独逸語迄飛び出す始末。

「で、どうだった?」

無論期末考査（優・良・可・不可にて評点）の出来如何。

「憲法・民法は〈優〉、刑法が〈良〉。上々だよ。おかげで専門課程に進める。ひとえに貴君の特訓の賜物だ」

法学部は教養課程が済むと三年時に専門課程（法律学科・政治学科）に進む。

其の為には政治学科志望の学生と雖も基本的法律科目（憲法・民法等）の単位取得は必須だ。

はなっから政治学科を目指し法律科目を等閑にしてきた彼氏にしてみれば此の度の考査結果は開けて吃驚玉手箱の意想外の結果に違いない。

まさに濡れ手に粟の掴み取りに等しい。

此の旨知るや知らずや彼氏は思わぬ好結果に上機嫌の有頂天だ。

対して彼氏の機嫌の良さとは対照的にオイラ愕然とする。

胸中穏やかならず。

（何でだよ。オイラよりもヤツの成績が好いだなんて。こんなのって有りかよ。絶対おかしい。変だ。狂っとるわ）

恥ずかし乍らオイラの〈優〉は刑法のみと来た。

後は並べて〈良〉と〈可〉のオンパレード。

恥の上塗りをするようで嫌なのだが一科目何とまあ〈不可〉迄ある始末。

彼氏の即席の師の筈が彼氏以下の成績とは。斯く迄どじっては泣くに泣けぬ。

「正直、〈不可〉を免れさえすれば御の字と思ってたのに其れが蓋を開けて吃驚仰天玉手箱とはね。笑いが止まらぬわ」

彼氏はおどけて見せる余裕すら顕示した。

（コンチクショウ。てっきりオイラが上だとばかり思ってたのに）

今の世の中、右も左も真っ暗闇じゃござんせんか
何から何まで真っ暗闇よ
すじの通らぬことばかり
右を向いても左を見ても
莫迦と阿呆のからみあい
どこに男の夢がある

（「傷だらけの人生」鶴田浩二）

☆

「勉強のし過ぎで実に眠い。永遠の眠りに就きたいぐらいだわ。考査結果の首尾も上々だし、よくやった自分へのご褒美として午后から早引けすることにするよ。映画でも見て帰るわ。じゃあな。ダンケダンケ」

「もち桃色映画だよね」

「それも良しだが今日はよしとくわ」

サラリと躱された。

石段を軽やかに蹴る朴歯の下駄音が次第次第に遠退く。

晩近彼氏は『どくとるマンボウシリーズ（北杜夫）』に嵌まっていた。

別けても『どくとるマンボウ青春記』中の旧制高等学校の出で立ち（マントに朴歯の下駄履き）に入れ込んでいた。

彼氏の見えなくなった石段の先の木の下闇を何時迄も見送った。

然らば　東方より来たれる遠来の友よ
又逢おう
汝は愛すべき東夷の男なり

☆

入学後一年ほどして大学構内も漸次騒然としてきた。

入学当初の平穏が嘘のようだった。

一年時構内中央のピラミッド校舎の周囲は講義の合間を縫って学生たちで常に賑わい明朗闊達な雰囲気に横溢していた。

思い思いに芝生に寝転がったりベンチに坐って駄弁ったりギターを弾き語りにフォークを口遊んだりと長閑な学園風景が展開されていた。

（平和だなあ）

思わず此の種の感慨が降って湧いたように口を衝いて出る。

其れが一転して。

日大（日本大学）の学園闘争（授業料値上げ等）に端を発して忽ちにして燎原の火の如く各大学に飛び火した。

各大学の学部・自治会を中心に全共闘（全学共闘会議）が結成された。

連日大学構内を活動家ルック（ゲバ棒・ヘルメット・手拭いで覆面。お決まりの三点セット）に身を固めた学生連が隊伍を組んで気勢を上げ乍らジグザグ行進を行った。

「造反有理」

「大学当局の横暴は許さんぞ」

「大学の解体を目指すぞ」

口々に威勢のいいシュプレヒコールが飛び交う。

されど如何せん我が大学にあっては少数派に留まっている。

多数の学生は彼等のデモを尻目に聴講のため足早に教室へと消えていく。

概して受け止め方は醒めている。

中には好奇の眼差しで暫し立ち止まって遠巻きにデモを見守る傍観者も散見された。

ともあれデモの隊列は周りを巻き込むこともなく限定的にヒートアップしているに過ぎなかった。

明らかに隊列だけ浮いていた。

其処だけブラックボックス化していた。

よって其れ以上の新規参入も伸展も波及も認められずじまい。

荒れ狂う学園闘争。

各大学が対抗措置として学校封鎖に踏み切るなか母校はロックアウトの挙に出ることもなく通常どおり授業が執り行われた。

☆

構内の外縁部に位置し周りを樹間に囲繞されて浮き世離れした感のある此処部室にあっても部員が集うと会話の端々に坐禅部らしからぬ単語が入り乱れた。

全共闘・革マル・社青同・ブント・セクト・秋田明大等々。

俗耳に入りやすい瑣事や余波が俗界を超越したかに見える此の辺縁部にも押し寄せていた。否応なしに触手を伸ばした。

酒呑童子は政治学科志望に相応しく学園闘争の是非に就き滔々と持論を捲し立てた。

彼氏の語調且つ論調と言うと学園闘争には批判的だった。

当時彼氏は進歩的文化人ご推奨の〈朝日ジャーナル〉を差し置いて〈自由〉と言う保守系の雑誌を購読していた。

保守の論客（重鎮）福田恆存が屢々寄稿していた。

翻ってオイラはと言えば五年間（留年一年）学園闘争とは縁無き衆生に終始した。食指を動かされることも構えてなかった。

そもそも右だろうが左だろうが徒党を組んで行動するのを好まない。

孤にしがみつく鞏固な性向。犬的群居よりも猫的孤高を偏愛。

したがって生理的に受け付けぬ胡乱な徴候を嗅ぎ取ることにかけては天稟の冴えを見せる。

枕頭の座右の書も荷風（永井）散人著『断腸亭日乗』。

当書の要諦は俗世から逸早く降りて非情な観察者の立ち位置に身を置き視座を据えると言う旨に尽きる。

だから彼等（酒呑童子、空っ風居士）が学園闘争の話柄に持ち切りで侃々諤々の血道を上げている際も独り白けていた。

其のとき、代貸しが授業を終えて部室に顔を出した。

「今教務課の建物の前で学長が全共闘の学生達に取り囲まれて吊るし上げを食ってるわ」

若年寄り然とした代貸しには珍しく稍昂奮気味に急き込んで言った。

「何いっ！」

此の旨聞いて酒呑童子が突如として叫喚した。

熱誠を胸裡に秘めた酒呑童子の血の騒がぬ道理がなかった。

事勿れ主義に堕する訳がなかった。

警鐘を黙過する筈がなかった。

「年寄りを多勢で寄ってたかっていたぶるとは怪しからん。これが最高学府に学ぶ者のすることか。将来の学士の風上にも置けん」

一喝するや直ぐさま下駄を引っ掛けて鉄砲玉の勢いで部室を素っ飛んで行った。

其の意気や好し。

オイラも遊山気分で後を追う。

（こいつは面白くなりそうだ）

息せき切って駆け付けた。

騎虎の勢いそのままの脚力で多勢の中に早くも割って這入った。

（この命知らずめ）

暴虎馮河の勇と言うべきか。

前へ進み出るや学長を庇護する格好で立ちはだかった。

そうして突然の妨害（横槍）に憤激した血気にはやる学生との間でトークバトルのゴングが鳴った。

双方とも舌鋒鋭く詰め寄りワンワン言い合った。

一歩を譲る素振りすら見せない。

情勢険悪。

一触即発。

危うきこと累卵の如し。

触らぬ神に祟りなしを標榜するオイラに取っては無論加勢抔望む可くもない。

己が蒔いた種は己で刈り取らねばならぬのがものの道理だ。

声を掛けてやるとしたらそんなところだ。

捨てる神有れば拾う神有り。

ややあって代貸しと空っ風居士が助っ人に駆け付けた。

流石は頼りがいのある友垣。

見て見ぬ振りを取り繕うオイラとは月とスッポン。

☆

両者の鍔迫り合いは疾うに引っ込みがつかなくなるほど激化していた。

一旦振り上げた矛を収めさせるとなれば生半の者では荷が重い。

どうあっても辣腕家の出番が必須急務だ。

其の点調整型のパーソナリティーを兼ね備える二人（代貸し・空っ風居士）こそ中へ割って這入る調停役に相応しい。打って付けだ。

彼等の本領たる〈まあまあ主義（なあなあ主義）〉を遺憾なく発揮して諍う両者を取り持った。

斯くして学長を苦境から解放するとともに酒呑童子を部室へと連れ戻し期待に違わぬ働き振りだった。

何しろ手際よく二人の救出を成し遂げたのだから。

思うに擦った揉んだしていたら最悪ボコボコにされていたやも知れぬ。

果敢な行動によるお手並みは特筆に値する。

叡智敏腕の一語に尽きる。憎いねえ。

酒呑童子は懲りないと言うべきか自ら保守の本道をもって自任するくせに爾後も学生運動家の屯する巣窟に単独乗り込むと言う暴挙（愚挙）を冒した。

何ともはや孤立無援の向こう見ずをやらかした。

此の旨喩えて言うなら天皇信奉の三島由紀夫が単身敵地（東大全共闘）へ赴いて彼等とティーチインに臨んだ怖いもの知らずに比肩されようか。

亦東映任侠映画（昭和残侠伝）の中で高倉健こと花田秀次郎が敵の一家へ単身、多勢に無勢の殴り込みをかける無軌道に匹敵する。

有り体に申さば返り討ちに遭っても可笑しくない情況だ。

彼氏め、さては孤絶の批評家にして劇作家・翻訳家である福田恆存を気取ってのことか。

幸いにして酒呑童子は無疵で帰還した。

懸念は杞憂に過ぎなかったが。

然れど彼等と激越に遣り合った旨想像に難くない。

思想信条に於いて同床異夢の氷炭相容れぬ両者だが多勢に無勢の渦中に火中の栗を拾うべく独り敢然と身を挺して乗り込んだ暴虎馮河の勇（心意気）に免じて無罪放免にしてくれたものやら。

彼等の顕著な傾向として権高な徒輩に対しては万斛の反感を流露させる。

ファナティックな反応を直情径行に表出する。

一方思想・信条の相違により袂を分かつとしても当人の信念に一掬の至誠を見出だすなら一応の敬意を表する。

健さん（高倉健）の人気を博したシリーズ〈昭和残侠伝〉は全共闘世代にも万雷の拍手をもって迎えられた。

深夜劇場はこの種の学生たちの熱気で溢れ返った。

悪辣極まる一家の阿漕な仕打ちに堪えに堪えた末、遂に堪忍袋の緒を切った健さんが単身捨て身の殴り込みをかける際の道行きの場面（謡曲か浄瑠璃を髣髴）に至るや盛り上がりが最高潮に達する。

更には健さんのドスの利いた主題歌（唐獅子牡丹）が流れ出すや場内の彼方此方から一

斉に喊声とドヨメキが澎湃として沸き起こった。

忽ちのうちに一塊のうねりと化して館内を席捲する。

斯く言うオイラもそんなミーちゃんハーちゃんの一人に他ならぬ。

既に観客は銀幕の主人公と一体化するとともに感情移入していた。

この際学生たちに保守も革新もない。

セクトもノンセクトもない。

ノンポリもノンノンポリもない。

イヤもヘッタクレもない。

凡てを止揚していた。

うっかり屁をこいても観客の喊声に紛れ有耶無耶のうちに揉み消されて帳消しだ。

観客同士の熱度を帯びた一体感は彼の時以来だ。

そう、あれは、たしか、就学以前だからオイラの五、六歳頃か。

生まれて初めて映画と言うものに御目文字かなったメモリアルデーに他ならない。

アラカン（嵐寛寿郎）の十八番〈鞍馬天狗〉。

角兵衛獅子の杉作少年が捕らわれの身になろうとした刹那何処からともなく忽然として

馬蹄の響き。

「杉作、待ってろよ。今天狗のおじちゃんが助けにまいるぞ」

拍車をかけるは馬上の黒頭巾。

天狗推参。

これに呼応して場内から割れんばかりの拍手喝采。

総立ちとなって万歳三唱。

大半の観客が銀幕に没入。

観客の感情移入は間然するところがなかった。

其の後映画の全盛期が衰運を迎える。

健さんの〈昭和残侠伝〉によって杜絶していた例のノスタルジックな一体感が忽然として甦り不死鳥の如く復活を果たした感がある。

☆

桃色映画も又隆盛を誇っていた。

対して名画座も健在。

「太陽がいっぱい」「風と共に去りぬ」「哀愁」「ヘッドライト」「鉄道員」「雨の訪問者」

「刑事」「ひまわり」「十戒」「ベンハー」等々凡て名画座で見た。

其の合間を縫って日本映画を摘み食いした。

「眠狂四郎無頼控（市川雷蔵）」「座頭市シリーズ（勝新太郎）」「女囚さそりシリーズ（梶芽衣子）」「女賭博師シリーズ（江波杏子）」等々。

主人公は何れも一匹狼タイプのアウトロー。

オイラも心情的にはアウトローだったのやも知れぬ。

勿論桃色映画も欠かさなかった。

出色の女優は何と言っても内田高子。

彼女は全共闘世代にも人気が高かった。

彼女の新作が封切りになるや映画館に学生が殺到した。

彼女の次の真率な発言が更に人気に拍車をかけた。

「わたし桃色映画以外出ません。桃色映画一筋に生きます」

遖、良くぞ申した。

桃色の名花一輪。

女性ながら侠気に富むではないか。

男だってこうはいかない。

それにしても泣かせる話だねえ。痺れるねえ。

たしか何かの雑誌インタビューにフランクに答えたものだ。

「桃色映画出演は飽くまでも踏み台。来るべき一般映画に出演するまでの繋ぎにすぎない」

そう嘯いて憚らぬ女優のいるなか彼女の口外は一層の光芒を放つ。

内田高子ほどの類い稀な美貌と容姿を以てすれば一般映画への鞍替えも夢ではない。

さりながら彼女は多勢に迎合することなく映画界の鬼っ子（桃色映画）に甘んじる旨の矜持と心意気を見せてくれた。

彼女の泣かせる言葉に既存体制にノンを突き付ける全共闘世代が共感しないわけがなかった。

☆

其の後も大学構内では散発的にデモが散見された。

他大学のことはいざ知らず当大学に限って言えば全共闘運動は何時しか下火になっていた。

しかし大学の外では相も変わらず機動隊との小競り合いや攻防戦が繰り広げられていた。

取り分け新宿の騒乱（市街戦）や東大安田講堂立て籠もりが印象深い。

とは言っても日和見・傍観者のオイラの目路には対岸の火事としてしか映らなかったが。

東大安田講堂の落城により全共闘運動は一応の終止符が打たれた。

それでも一部の残党（連合赤軍）が地下に潜るもジリ貧は免れなかった。

軈て山岳アジト（妙義山等）に於ける総括の名の下による大量リンチ殺人・あさま山荘立て籠もり銃撃戦を経て略潰滅的崩壊へと至る。

生き残りは更なる暗躍の場を求めて海外に活路を見出すことになる。

志を同じゅうする伝手を求めて中東・北朝鮮へと散って行く。

九　ホモ達

当時オイラはと言えば学園騒動をよそに一時可笑しな連中と係わった。
自然部室への足は遠退いた。
切っ掛けは向こうからやって来た。
通学途次の電車内（山手線）。
オイラ吊り革に摑まりながら魚類のカラー図鑑（文庫）に見入っていた。
其のとき横合いから声を掛けられた。
「綺麗な図鑑ですね」
驚いて振り向くと中年男と目が合った。
（普通電車内で他人に声を掛けないでしょうが）
「まあ」
邪魔されたせいもあって素っ気なく返した。
人見知りする質なので見知らぬ人から唐突に話し掛けられると訳もなく緊張する。

「それにしても今夏は暑いよね」

「ええ」

「どちらへ？」

「目白」

「それじゃわたしと一緒だ」

「そうですか」

返事も気乗り薄だ。

暗に話し掛けるなと仄めかしているつもりなのだが。

「駅の近くなんですわ」

「はあ」

「一軒家を借りてます」

「はあ」

「少し寄っていきませんか」

「でも」

「冷たいもんでも如何です？」

気を惹かないと見るや目先を変えて畳み掛けてきた。

臈長けた修辞学だ。

最後は巧言に乗せられた格好だ。

結局断りづらくなってノコノコ付いて行く羽目に。

中年男にしてみれば若輩など一捻りに違いなかった。

目白通りを進んで程なく弓手の小路に這入る。

一角は平家建ての家屋が建て込んでいる。

真ん中辺の建物の前で立ち止まった中年男が施錠を解錠のうえ中へ入るよう促した。

玄関の右手が畳敷き（六畳間）の居間。

独り暮らしに相応しく物の見事に殺風景の一語に尽きる。

家具調度と言ってめぼしい物は窓際に据えられた十九インチのテレビ（モノクロ）位のもの。

中年男はテレビのスイッチを入れて台所に立った。

映し出された画面に参議院議員選挙（全国区）でトップ当選を果たした新人の石原慎太郎の満面の笑み。

ややあって両手に白濁の液体を湛えたコップを持参して中年男が戻った。

「カルピスを召し上がれ」

口に含むも少し生温い。

改めて中年男の顔貌を見やった。

〈細面〉〈心持ち顴骨の張った頬部〉〈黒縁眼鏡〉〈青々とした髭の剃り跡（色白の皮膚に反映して妙に生々しい）〉

話していて気付いたのだけれども物腰や当たりが気味悪いほど柔らかくねちっこい。

一種の皮膚感覚で直感する。

オイラとは異質の棲息圏で処世をする隠花植物的な人種に違いなかった。

☆

「また近いうちにいらっしゃいな」

中年男は帰りしなに耳許で囁くように私語した。

オイラは毛色の変わった人種に好奇心をそそられたのやら既述の『何でも見てやろう（小田実）』に又々触発されたのやら旬日を置かずして再び彼の家を訪れた。

中年男は至って紳士的な振る舞い方をした。

直ぐに馬脚を現すような（下心を露顕させるような）愚かしい真似は慎んだ。

軽挙妄動は禁句と捉え頃合いを見計らっていたよう。

中年男とは都合一時間ほど取り留めない世間話に興じたあと暇乞いをした。

畢竟其の日も其れ以上の進展も何事もなかった。

帰り際中年男は何時ものロ癖を宣うた。

「また、いらっしゃいな」

旦那が囲い者を見送る。

そんな妙ちきりんな構図が脳裏を過ぎる。

☆

中年男が醸し出す独特の空気は未だ嘗て一度たりとも触れた覚えのない断トツの代物だった。

青光りがした。

底光りも。

五回目の訪いで中年男は此れ迄に見せなかった行動に打って出る。

会話が一時跡切れる。

手持ち無沙汰になる。
テレビに逃げ込む。
そのときのこと。
傍らの中年男が俄かに間合いを詰める。
躪り寄る感じ。
何食わぬ顔で。
素知らぬ振りで。
流石に容易ならざる気配を察して胸騒ぎを覚える。
中年男が更に迫り来る。
オイラ自然腰が引けている。
じき膝頭どうしが擦れる。
思わず竦む。怯む。固まる。
中年男の動きがいっそ大胆になる。
指先が膝頭をやんわり撫で摩る。
「お兄さんは女の子が好きですか」

「ええ、まあ、人並みに」

「ボク女の人に全然興味も魅力も感じないんですよ。小さい時分からね。要はそそられないんですわ」

意外な話の頻出にオイラ戸惑うばかり。

異性にしか情欲を煽られないオイラに取っては目を剥く奇譚奇談の類いに他ならぬ。

その刹那一閃ひらめいた。

（ひょっとして、これって、ホモ？）

と、突然玄関の戸が開いた。

誰か来たよう。

（危機一髪のところで助かった。あわや童貞を奪われるところだった）

天佑神助とは此のことだ。

「こんちわ」

オイラと年格好の近い若者が上がり框に立っていた。

「よう、しばらくぶり。そんなとこに突っ立ってないでお入りよ」

旧知の間柄らしい。

ブルゾン、色柄シャツ、デニムのジーンズのラフなスタイル。
優男風の中々のハンサム。
若者は卓子を挟んで中年男と対した。
暫時こもごも二人は会話を交わした。
見るからに親しげな容子から推してただならぬ仲と察しがつく。
隠語まじりの会話はチンプンカンプン。
ともあれ脱出劇を図るには降って湧いた好機に間違いなかった。
口実を設けて抜け出すには又とない機会。
見す見す生かさぬ手はない。
「お話し中に茶々を入れて野暮ですけど此れからゼミなんで失礼します」
二人の話に割って入って言った。
「あっ、そうなの」
不意をつかれた咄嗟のことで中年男も引き止める間がなかったようだ。
弱き者は危険水域から成るだけ遠ざかるに如くはない。
只管、一途に、三十六計逃げるに如かずを胸に確と刻むこと。

其れが生を全うする最善（最良）の道。

早々に退散し不言実行を遣って退けた。

仮に遅きに失するなら危ういところだった。

家を出て人心地ついてから漸くにして事の重大さに思い至った。

彼の家は今にして思えば〈ホモセクシャル〉のアジトに他ならなかった。

一時なりとも現場に身を置いた者の皮膚感覚としてピンと来た。

類は友を呼ぶ。

件の若者も同類。

一つ穴の狢。

すんでのことに〈赤毛同盟〉ならぬ〈ホモ同盟〉への強制加入を余儀なくされるところだった。

　ホモ達のホモ達は皆ホモ達だ
　其のホモ達のホモ達も皆ホモ達だ
　右を向いてもホモ達だ
　左を向いてもホモ達だ

危うく〈ホモ達〉にされちまうとこだった。
人間到る所青山あり（月性）
人間到る所陥穽あり（オイラ）

十　安倍賞

大学は嘗（かつ）ての学長・安倍能成（あべよししげ）（漱石門下）の功績を記念して〈安倍賞〉を創設した。内輪の賞としては新参者だ。

慶應の〈三田文学〉や早稲田の〈早稲田文学〉等の老舗（しにせ）とは比（くら）ぶべくもないが。

就（つ）いては栄（は）えある第一回の募集（小説）が公表された。

物好きのオイラも応募することにした。

締め切り日迄残すところ五日ばかり。

講義をサボって部室に籠（こ）もった。

座卓（ざたく）に座（すわ）り込んで捩（ね）じり鉢巻（はちま）き気合（きあい）を入れて原稿用紙の枡目（ますめ）を埋（う）めているとイッパシの文士気取（きど）りになった。

然（そ）う言えば以前に雑誌等散らかし放題の部屋で半袖シャツとズボン下姿の作家が胡座（あぐら）をかいて座卓（ざたく）の上の原稿用紙と格闘している鬼気迫（ききせま）る写真を拝（はい）した覚えが有（あ）る。

峻烈（しゅんれつ）な印象を刻んだ。

彼は戦後太宰治・織田作之助・田中英光と並び称され無頼派として一世を風靡した。

坂口安吾其の人。

己が姿と安吾がダブる。

何やら〈白痴〉や〈桜の森の満開の下〉や〈青鬼の褌を洗う女〉に比肩する作品を物することが出来そうな昂揚感を覚えた。

あれ不思議やな。

小説の構想が雲霞の如く次々と湧いてきた。

万年筆を握る指先が自動発条宜しく独りでに走る。

五日間で五つの短編を仕上げる。

早速文芸部に設置の安倍賞選考の係に原稿の束を持参した。

文芸部発行の〈赤繪〉は聊か名の知れた文芸誌だ。

嘗て当大学付属高等科迄在籍の平岡公威（筆名三島由紀夫）の初期の作品も載った。

「当初思うように作品が集まるかと心配してましたが杞憂でした。作品の質は兎も角として君のように意欲的に応募してくれるとホント助かるわ」

「どうせ下手な鉄砲も数撃ちゃ当たる式で応募したんですよ」

「チャレンジ精神こそ尊い。五作品の応募にそれが如実に表れてるわ」

「なに応募に意義ありだけですよ」

「まあ吉報待ちを」

畢竟褒められたのやら貶されたのやらチンプンカンプンのまま文芸部を後にした。

☆

「おい、安倍賞に決まったんだって」

講義が終了して部室へ戻る道すがら酒呑童子に遭遇した。

「冗談だろ。何処でそんなデマ聞き付けてきたんだよ」

言うなりオイラ直ちに踵を返して学食へ向かった。

急ぎながら学食の入り口の片隅の台に文芸誌が山積みになっていたのを思い返していた。

(たしか文芸誌「赤繪」に受賞経過が載ってる筈だ)

ドキドキし乍ら該当頁を繰った。

一次予選通過作品の中に辛うじて一作だけノミネートされていた。

次いで二次予選通過作品に見入る。

然れど影も形も無し。

受賞作は見る迄もない。

主観的且つ希望的観測では己が作品が断然受賞と決まっていた。

高慢ちきな鼻をぺちゃんこに圧し折られた感じだ。

流石に落胆の色は隠せない。

(彼奴めデマ飛ばしやがって。よくも其の気にさせやがって。挙げ句が此の様だ)

酒呑童子に八つ当たり。

然りとて彼氏の巧言に一時なりとも真に受けて色気を出したのも然り。

自業自得と言えなくもない。

数日後酒呑童子に見えた際彼氏が藪から棒に切り出した。

「文芸部に知り合いがいてコッソリ貴君の応募作の件を聞いてみたんだ。聞きたいかね」

「そりゃあ、まあ」

「ホントに聞きたいかね」

「何だよ勿体ぶって」

心底では聞いてみたいような。

それでいて怖いような。

「話してもいいんだな」

彼氏は何度も念を押した。

「だから勿体ぶるなって言っただろ」

「じゃあ話そう。気を悪くせんでくれよな」

彼氏は奥歯に物の挟まったような歯切れの悪い前口上のすえ漸く口火を切った。

「大仰なタイトルのわりに内容が伴ってないと言ってたわ。取り分け〈運命の逆流〉て作品をな。五つとも今イチこれと言って個性に乏しい凡庸な作品ばかりだと扱き下ろしてたわな。どれもこれも似たり寄ったりの著名作品に寄り掛かった焼き直しみたいな凡作愚作のオンパレードだとも言ってたわな。それからこうもな。何れも主情に傾き感傷に流され過ぎてる。出来損ないのメロドラマ仕立てとも評してたわ」

「どうせオレの作品だ。ほっといてくれ」

「到底受賞の水準に達してないとケチョンケチョンに酷評を加えた際には流石の俺様も些か虫酸が走ったよ」

「ふつうそこまで完膚なきまで立ち直れないほど打った切るかよ。もう頭に来たわ」

「俺様に八つ当たりせんでくれよな。俺様はただ貴君の今後の創作活動の一助になるかと思って親切気から敢えて憎まれ役を買って出てるんだぜ」

「そうは言いながら実はお為ごかしじゃないの」

「素直じゃないぜ。自然に帰れよ」

「ああボクは拗ねてる。拗ねて拗ねて拗ねまくってる。捩れ過ぎて元へ戻れやしないわ」

「こりゃまるでガキだね。少しは大人になれよ」

「ガキで何が悪い。こうまでコケにされて泣き寝入りなどできますかって」

「だからあれ程念には念を入れて最初に断っておいたはずだぜ。とばっちりは御免だわ。憎まれ口をきく相手を取り違えんでくれよな」

「これから文芸部に乗り込む」

「正気かよ」

「無論。今のボクは只のボクじゃない。敵の一家に殴り込みをかける〈昭和残侠伝〉の花田秀次郎の心境さ」

「悪乗りのし過ぎだわ」

「文芸部の彼奴めに遺恨あり。そいつを晴らすために乗り込むのさ。こっぴどく酷評した奴を半殺しの目にあわせてやらんとどうでも腹の虫がおさまらんわ」

「到頭貴君をけしかける羽目になって俺様もとんだ罪作りをしたもんだわ」

其の後の始末如何。

差し障りがあるので割愛をご海容されたい。

十一　参禅

北鎌倉の円覚寺・居士林（僧堂）に遅蒔き乍ら参禅にやって来た。

円覚寺は禅宗（臨済禅）の由緒ある古刹。

北鎌倉駅に降り立つと寺域迄直ぐだ。

駅寄りの山門を潜ると宏壮な伽藍等が懐深く連なっている。

居士林では定期的に〈接心〉と称して一般人向けの坐禅体験の機会を設けている。

漱石（夏目）作の『門』と言う小説の中にも主人公が円覚寺の居士林に参禅する模様が活写されている。

居士林で受付を済ませる。

そうして禅堂（道場）の隅っこで運動着に着替える。

板敷きの禅堂（道場）は何処も彼処も荘厳な黒光りを放っている。

その場に立っていると殊勝で厳粛な思いに襲われる。

歴程の重みがそうした想念を誘掖するのか。

左右の壁を背にして双方向かい合う格好で座を占める。

同じ坐禅とは言え臨済宗と曹洞宗とでは遣り方を異にする。

曹洞宗では〈面壁九年〉と言われるように壁に向かって坐禅を組む。

対して臨済宗では壁に背を向けて坐禅を組む。

一回目の坐禅が始まった。

所要時間は線香が燃え尽きるまでの凡そ三十分間。

背筋を伸ばし顎を引く。

目線は半眼。

呼吸は臍下丹田（下っ腹）に力を込めて整える。

中でも呼気は出来るだけ余韻を引くようにする。

足の組み方は尻の下に座布団を当てて結跏趺坐若しくは半跏趺坐の姿勢を取る。

坐禅のインストラクターを務めるお坊さんから要略以上の説明があった。

十分も経たぬうちから早くも組んだ足が痺れだす。

前もって「なるたけ無に帰せよ」との教示を受けるも正直足の痺れでそれどころの騒ぎではなかった。

雑念が後から後から湯水の如く湧いてくる。

当初は疼痛程度の痺れが次第次第に堪え難い痛苦へと変わる。

(痛え痛え痛え！)

大脳辺縁系が其の存念ばかりで占められる。

最早高尚な思念抔望むべくもない。

半眼どころか雑念が独占の横目でチョロチョロと線香の燃え尽き具合を気にしてばかりいる。

未だ半分にも達していない。

気落ちの色は隠せない。

果たして時間迄持ち堪えられるか。

其のとき禅堂（道場）内の彼方此方から警策の小気味良く弾ける音が飛び交う。

方々で足が痺れだした模様だ。

こと痺れに関しては同工異曲のようだ。

複数の若い雲水が警策を携えて禅堂（道場）を回っている。

此のとき不図邪念が過ぎる。

雲水が前方を通過する際呼び止める。
警策で双肩を打って貰うことにした。
少しは時間稼ぎになるやも知れぬ。
藁にも縋り付きたい思いで飛び付く。
合掌の上一揖。
雲水は項垂れるよう指示したあと双肩を順次慣れた手付きで手際よく打擲する。
小気味よい硬質音が爆ぜる。
効果の程や如何。
気休めに過ぎなかった。
痺れと痛みは相次いで臨界に達する。
尚も姑息な手段に訴えた。
密かに身を捩ったりして痺れの緩和に此れ努めた。
ところが何れも此れも其の場凌ぎの付け焼き刃に過ぎず抜本的な解消には程遠い。
となれば坐禅により無我の境地に至ることなど所詮叶わぬ夢に他ならぬ。
先ず以て痺れとの闘いが立ちはだかり坐禅どころの話ではない。

最早坐禅以前の問題だ。

見切り発車でやって来たものの今となっては臍を噛む。

痺れっぱなしの一回目の坐禅から解放された瞬間心底安堵する。

明くる日の昼近く漸くにして散会となった。

山門の外へ一歩踏み出した刹那正直に言って万々歳をしたいハレの気分になった。

満腔の解放感を身体髪膚に搦め捕った。

唯一泊の参禅に過ぎなかったが一時なりとも禁欲に甘んじると何とまあ俗界がバラ色に映ることか。

街中で擦れ違う女性たちの何と美しいことか。

何れの女性たちも弥増しに輝いて見える。

思わず見返したほどだ。

居士林に来る以前は擦れ違っても何等気を引かれることのなかった程度の女性たちまでもが俄然眩しく映りだした。

此れも〈目眩まし〉の一つか。

だとしたら一種の〈誑かし〉か〈まやかし〉に遭ったようなものだ。

じき化けの皮が剥がれる。

又参禅はこればかりか食欲の変容も来した。

平生〈あっさり味〉を嗜好するオイラも此の時ばかりは脂身でギトギトする〈こってり味〉の食い物を渇望した。

扠次なる参禅や如何。

いやあもう懲り懲り。

居士林の門前で反転するわ。

十二　留年

大学の評点は五十点未満が所謂赤点となる。

個人的には進級を信じて疑わなかったものの成績表を開けて吃驚。

何と赤点が一つあるではないか。

赤点が一つでもあれば専門課程には進めない。

言うところの留年に他ならない。

有り体に言えば落第だ。

親父が急遽上京した。

其の足で大学教務課へ直行したようだ。

直談に及んだ。

後日次のような遣り取りがあった旨親父から聞かされた。

親父　四十八点ですよ。あと二点あれば及第点じゃないですか。何とかなりませんかね。

温情ある対応をしてくれたら息子は留年せずに進級できるんですわ。たった二点不足のために留年の憂き目を見るなんてバカげてると思いませんか。親の身にもなってくださいな。一年分余計に臑を齧られるんですよ。たまったもんじゃない。何とかしてくださいよ。お願いしますわ。恩に着ますよ。このとおりです。

当局　決まりですから如何なる理田があるにせよ守っていただかないと。一々情実に捕らわれて手心を加えたとあっては大学の信用にかかわります。ひいては大学の信用を失墜させ公平性を損ねかねません。

大学との交渉後親父が部屋に立ち寄った。

「わしの臑はおまえのせいで先細りする一方だわ」

親父は開口一番慨嘆し且つ愚痴った。

「僅か二点じゃないのよ。高が二点ぐらい上乗せしたところでどうってことないのにね。大学もケツの穴が小さいよね。ケチ臭いわ」

オイラは己の不徳の致すところを棚に上げて専ら大学の了見の狭さを槍玉に挙げた。

「でかい口をたたくな。落第坊主のくせして。元はと言えばおまえの不勉強のせいじゃないか。少しは反省しろ」

親父の持って行き場のない怒りの矛先は一転して大学から息子へと照準を変えた。

「はあ、まあ。面目次第もない」

どうみたって分が悪い。

ここは慶喜（徳川）宜しく恭順の意を表し殊勝な心構えで終始するに如くはない。

「一応大学に掛け合ってみたんだが撥ね返されたわ。今回は大目に見るが甘い顔は一回きりだぞ」

「分かったよ」

「来年も留年したら仕送りストップの兵糧攻めだ。肝に銘じておけよ」

「そう杓子定規に考えんでもいいんじゃないの。大学は八年間在籍することが許されてるんだぜ。詰まりは四回まで留年が認められてるってわけさ。一回ぐらいの留年でガタガタしなさんなって。親父殿も案外ケツの穴が小さいんですな」

「能天気なこと言いおって。臑齧りの身だってことをくれぐれも忘れるなよ。親の心子知らずとはおまえのことだわ」

勝手な言い分を言わせてもらえば望むべくんば大学には目一杯在籍したいものだ。

多分此れほど自由の気に満ち満ちる居心地のいい空間はまたとないに違いない。

とは言え所詮臑齧りの身。

弱者が生き延びる道は唯一つ。

〈長い物には巻かれろ〉

此の箴言をよもや忘れはしまい。

現今の親子の上下関係は明々白々たる事実。

となれば此処は下手に出るに限る。

心を入れ替え身を入れて日々勉学に打ち込む旨誓約する。

そうして来たるべき明年には晴れて専門課程に進級する旨確約して親父と別れた。

親父も人の子。

親馬鹿と言おうか不肖の息子（愚息・豚児）の狂言回しを少なからず信じて安堵の色を見せた。

☆

実のところ当人は至って留年を前向きに捉えている。

手放しで欣喜雀躍している。

だって一年余分に無為徒食の保障を得たも同然だもの。

此れが喜ばずにおられますかって。

「二点か。惜しかったね」

「一緒に進級できなくて残念だな」

同期の連中は挙って同情を寄せた。

何しろ同期の部員で留年はオイラのみ。

「独り寂しく取り残されて心細いわ。極北に置き去りにされた気分だよ」

彼等の同情に応えるべく演技力で思いっきり悄然と潮垂れ意気阻喪して見せた。

「気を落とすなよ。人生照る日もあれば曇る日もあるさ」

「待てば海路の日和ありだよ」

彼等も相呼応する。

両者の息ぴったし。

斯くして悲劇一幕物は愁嘆場の幕引きをした。

十三　質屋通い

部屋では相変わらず〈ひとり寝の子守歌〉を口遊み乍らセンズリをこいていた。

ひとりで寝る時にゃよォー
ひざっ小僧が寒かろう
おなごを抱くように
あたためておやりよ

（「ひとり寝の子守唄」加藤登紀子）

☆

日中はパチンコ店（一F）の軍艦マーチ、火灯し頃になるとスナック（二F）のカラオケ（主に歌謡曲）、夜中に入るや雀荘（四F）の牌の掻き混ぜるジャラジャラ音。

今じゃ軍艦マーチで勉学欲を鼓舞されるわ歌謡曲で勉学疲れを癒やされるわ牌の高音をBGM若しくは子守唄代わりにして寝に就くわで此れ等の音声に囲まれていないとシックリこないし寝覚めも悪い。

☆

生活の拠り所は毎月の仕送り。

月末ともなると決まって懐具合はピイピイ。

財布の中身は小銭の硬貨（五十円玉）が数個と言うみみっちい窮状をさらけ出す。

あと三日待てば仕送りの書留が届く。

高が三日だ。然れど三日もある。

如何に三日間を遣り繰り算段して凌ぐか。

ひたすら此の旨腐心する。

最悪空腹を誤魔化すため水を飲んで持ち堪える。

次善の策は日頃より即席メンを多量に買い置いて備蓄に此れ努め不慮に備える。

何はともあれ此れ程三日の徒過を待ち遠しく待ち侘びた例しはない。

一日千秋の思い。鶴首。

しかし仕送りと言っても無駄遣いを嫌う締まり屋の親父のこと〈健康で文化的な最低限度の生活を営むに足りる額〉のみしか送って寄越さない。

大半は食費と書籍購入費で消尽。

エンゲル係数の高い生活と言えよう。

そんな矢先に酒呑童子から知恵を授けられた。

「仕送りが届く前の三日間が最大のピンチでね。水ばかり飲んでるわ」

取り留めのない会話の中で不図愚痴ったことが切っ掛けだ。

彼氏も一浪の折屢々利用して重宝していた模様だ。

「手っ取り早く金子が手に入る方法を教えて進ぜよう。一時凌ぎにはなるぜ」

彼氏はめぼしい所持品を持参するよう促した。

金目の物はと言えば無けなしの身銭を切って手に入れた小型のポータブルテレビぐらいなもの。

「ところで幾ら必要なんだい」

「取り敢えず当座（三日間）凌げる三千円あれば」

☆

「いやあ助かったわ。好いこと教えてもらったよ。キミが福の神に見えたわ」

「なんのこれしき。礼には及ばんよ」

味を占めたオイラは爾来窮余の一策としてチョクチョク利用するようになった。

小型のポータブルテレビは今や命綱（困ったときの神頼み）と等し並みになった。

良くしたもので当時質屋は表通りから逸れた奥まった所に塀を回してヒッソリと立地していた。一種の隠れ家的雰囲気がした。

御陰で質屋通いに臆するオイラとしては比較的入り易かった。

迚も迚も白昼堂々と入るまでの糞度胸はなかった。

したがって目につきにくい薄暗い時間帯になってから始動した。

風呂敷に質草を包んで夜陰に紛れて。

何かコソ泥のようだ。

そんな卑屈な己が疎ましい。

どうも質屋と言う場所柄は後ろめたさを誘発するようだ。

大手振って出入りするところではないとの先入見が先行するらしい。

それでも背に腹は代えられぬ。

何たって質屋は簡易で重宝な小口融通機関だ。

兎にも角にも一時的に少額の金を用立てて貰うには手軽で利便性に長ける。

但し利息制限法の軛がないぶん金利は高めだ。

然れど少額の金子の融通を受けるのであれば高金利の実感は其れほどでもない。

何よりも憂慮すべきは返済期限までに元利を返済しない際の質流れだ。

易々虎の子の質種の質流れを許してしまうことだけは何としても避けねばならぬ。

不幸にして質種を失う羽目になれば大いなる痛手だ。

何しろ大事な担保品を失う結果今後融通を得られなくなる。

それでは元も子もない。今後急場凌ぎがおじゃんになる。

それこそ愚の骨頂だ。

だいいち少額の融通を得るために其の何倍もの価値を有する質種の質流れを遣らかすなんて此れほどバカらしい損な話はない。

そんなの愚か者のする事だ。

其の為もあって待望の仕送りが届くや否や何を差し置いても取るものも取りあえず質店に駆け付けた。

此の旨喫緊（火急）の急務とした。

元利金を払って質種を四日振りに請け出した際には心底安堵した。

何か宝物にでも巡り合ったときのようなトキメキを覚えた。

（ヤレヤレこれで又借りられるぞ。急場を凌げるわ）
それにつけても酒呑童子は好いことを伝授してくれた。
爾後質屋を大いに重宝した旨言う迄もない。

十四　怪老人

☆

隣室に一人の老爺が越してきた。
古稀に近い。
ちょいちょい共用の炊事場で鉢合わせした。
痩身小軀。
髪型はオールバック。
顔色の艶も申し分ない。
愛想も至っていい。
特にこれと言うほどの固陋狷介さも窺えない。
良き隣人と言えよう。
とある日老爺が炊事場で漬け物を仕込んでいる現場に遭遇した。
「凄いなあ」

「何簡単ですよ」

「ボクにはとてもとても」

「コロンブスの卵でしてね。やってみたら得心がいきますよ。貴方もお一つやられてみたらいかがです。新鮮な白菜の浅漬けが食べられますよ」

そう言えば実家では秋闌けるとカアさんが年中行事のように漬け物を多量に漬け込んでいたっけ。

荷馬車一台分の大根がドッサリ庭先に積み降ろされた。

大量に買い込んだ大根を水洗いしたあとズラリ吊るして天日乾しにする。

此の時季何処も彼処も各家庭では似たり寄ったりの光景が見られた。

此の季節ならではの風物詩としてスッカリ定着していた。

子供心にはもとより又長ずるに及んでも何時迄も赫奕として郷愁を誘う風光に他ならない。

カアさんは実に手際よく大樽に大根、白菜、薬味（唐辛子等の香辛料）抔盛り沢山の具材を順次彩りよく重層的に折り重ねていった。

宛らプラモデルを組み立てる工程を想起させる。

ブキッチョなオイラには端っから手に負えぬ手捌きと思い込んでいた。

拝見させてもらったところ古老の遣り方は次のとおり。

コンパクトサイズのポリバケツに四つ割りの白菜を薄塩塗し乍ら次々に築城する要領で積み重ねていく。

白菜が堆く積もると仕上げに上蓋を被せ手の平大の重石を載っけて首尾は上々。

「次は?」

「これでおしまいです」

「これだけ?」

「どうです、至って手軽でしょう。見てのとおりで手品なんかじゃありませんよ」

「ええ、ええ」

〈新鮮な驚き〉と〈意外な発見〉のコラボ。

「夜に漬け込んで朝餉の膳に新鮮な白菜の浅漬けが頂けるという寸法です」

「一夜漬けってやつですか」

「まあ、そんなとこです。貴方もお一つやってごらんになったら?」

「出来ますかね」

「出来ますとも」

「ではやってみます」

「是非」

早速行動（物心一如）に打って出る。

中江藤樹─大塩平八郎─吉田松陰─三島由紀夫と続く陽明学の驥尾に付して。

大学構内から重石用に手頃な石を失敬して教示を受けた作法に則って一夜漬けに挑戦した。

明け方（払暁）恐る恐る上蓋を開けてみるてえと。

〈案ずるより産むが易し〉

程好く漬かっていた。

なるほど先達の知恵も捨てたもんじゃない。

☆

何時しか古老とは親しく挨拶を交わす間柄となった。

長幼の序を守りつつ且つ一定の距離感を保ちつつプライバシーの一線を踏み越えることなく礼節を以て接遇した。

古老には斯様に仕向ける人品骨柄賤しからぬ節度品格があった。

相手の心内に土足で踏み込むような真似だけは構えてしまい。

その黙契が相互の間で成立していた。

惣菜を持ち寄って酒を酌み交わしたことも一度ならずあった。

立ち居振る舞いが節度ある反面、語り出すや意外一本気な心情も垣間見せた。

其れ迄のマッタリし好々爺然とした雰囲気が様変わりした。

次第に熱を帯びた。

何でも、とある南洋諸島の独立運動に奔走しているとのこと。

その為に物心両面に渡って支援を受けるべく日本政府（外務省）に働き掛けているとのことだ。

話柄のスケールがでかい。

話は俄かに措信し難いほど眉唾物だ。

若しかして此の古老誇大妄想狂なの？

それとも大法螺吹き？

朝方背広を着用し黒光りの鞄を携行して外出した。

夕方近く御帰館と相成る。

略平日の日課と化していた。

外務省へ折衝のために日参しているよう。

話を聞くうち満更虚言でもなさそうだ。

「わたしもかつて大日本帝国軍人として南方戦線において欧米列強と死闘を繰り返した体験を有します。現地人を戦渦に巻き込んで多大なる迷惑を掛け大変申し訳なく思うちょります。戦後虜囚の身を解かれたのち罪滅ぼしもあってか故国に帰還せずに現地に留まった旧日本軍の兵士も多くいます。そして現地人が欧州列強の植民地支配から民族自決を勝ち取るための闘いを惜しみなく支援しました。わたしも微力ながら民族解放戦争に勝利したあと彼の地が独立国として立ち行くよう日本政府に援助を要請する活動に携わっています。老骨に鞭打って連日せっせと外務省詣でを繰り返していますわ」

其の真摯な口振りから推して満更絵空事でもないらしい。

返す返すもオイラとは生き方の方向性が余りに違いすぎる。

差し出がましい容喙の余地はない。

其れ故いつも聞き役に回る。

「すっげえ」

オイラの口をついて出るは感嘆ばかり。

「わたしは此の仕事に命を賭けてます」

此の言葉極め付けの一語に尽きる。

「わたしの夢は仕事が一段落したら彼の地にて余生を送ることですわ。ゆくゆくは骨も埋めようと思ってます」

訥々として語る古老の金壺眼は少年のような無心さに煌めいた。

☆

酒呑童子が久方振りに訪ねてきた。

「やあ、しばらく」

彼氏が顔を合わせた際の決まり文句だ。

紋切り型の挨拶はいい加減止してもっと気の利いたフレーズが捻り出せないものか。

早速酒盛りが始まる。

古老も呼んで三人で七輪の炭火で鋤焼きの鍋を囲む。

件の質種を担保にして質屋で工面の金で霜降りを張り込む。

古老と酒呑童子は微醺を帯びるにしたがって愈々舌先は滑らか益々舌鋒は鋭く遂には険悪な雰囲気になってきた。

酒に強い連中の辿る一里塚の顕著な徴候に他ならない。

「要するにアンタは敗残の兵でしょうが。護国の英霊になり損ねた旧軍の抜け殻其のものじゃないのよ」

長幼の序に敬意を表さぬ者の言い種だ。

「抜け殻ですと？　聞き捨てなりませんね。戦前は天皇の赤子として戦い戦後は現地人のために働いている。抜け殻だったことは一度たりともない」

古老は平生の穏和な人柄とは打って変わって激した調子で反駁した。

「どうせ罪滅ぼしのつもりなんでしょ。贖罪や慚愧の念からやってるだけでしょ。要は自己満足の域を出ない」

酒呑童子も情け容赦なく皮肉と揶揄の辛子を利かせ指弾の手を緩めない。

「死線をさまよったことのない頭でっかちの青二才に兎や角言われる筋合いはありませんわ」

「ほうら、きなすった。死に損ないの旧軍の亡霊さんよ」

「戦後教育を受けた諸君の世代の悪弊は歴史の事実を当時の有り様の儘に虚心坦懐さをもって直視せぬことですわ。現下の理屈でもって短兵急に評価を下そうとする。貴下もまさに其の弊に陥り其の愚を犯してる。人生の先輩の一人として忠言を申し上げる」

「いったい何様のつもりです？　先輩面しないでくださいよ。勝ち目のない無謀な戦争に加担したくせして。挙げ句の果て日本を焦土と化したくせに」

「戦争は相手があってのこと。敗戦の憂き目を見たからと言って敗戦国のみを一方的に吊るし上げ糾弾するのはフェアじゃありませんね。片手落ちと言うものですわ。これでは〈勝てば官軍負ければ賊軍〉の思考パターンから一歩も抜け出てない」

「盗人にも三分の理ってやつですか」

「失敬な。戦争だって勝負事の一つ。好むと好まざるとを問わず勝ち負けが付き物。したがって勝敗の如何にかかわらず正邪の別はない」

「又々自己正当化ですか。呆れて物も言えない。この期に及んで見苦しいですぞ。言い訳は止めて謙虚に反省の弁を述べたらどうです？　その方がなんぼ潔いか知れない」

「その論法は戦後大和民族の悪弊です。外に対しては只管ペコペコして恥じない。内に対しては旧軍に凡ての罪科を押っかぶせて事足れりとする。我々同胞にこの種の特異体質が染み付いてしまっている」

「論理の掏り替えも好いところですわ。戦端を開くに当たり勝運は有りや無しや等々万般に渡って綜合的に検討して然るべきところ何をか言わんや事もあろうに等閑に付して見切り発車した。清水の舞台から飛び下りてしまった。このいい加減さ杜撰さは目に余りますわ。その罪万死に当たりますわ」

両者の論調は平行線を辿る許り。全く噛み合わず交点を見出せそうにない。

況してや止揚（揚棄）抔望む可くもない。

両者とも矢鱈と自説に拘泥し相手の揚げ足をとるのに汲々とする始末。

潮目潮時を見て矛を収めようとする気色が丸っきり窺えない。

午前様も辞さぬ好戦的構えを崩さぬ気か。

夜っぴて続行する積もりか。

先に舌鋒を引っ込めた方が自ら負けを認めたと取られかねない空気があって其れ故両者とも行き掛かり上引くに引けない雰囲気だった。

お互いに負けず嫌いの相当の意地っ張りだ。

此の際中立的第三者が取り持たないことには収拾がつきそうになかった。

「もう夜も更けてきたことだし此の辺で水入りにしては？　決着は後日を期して今夜のところは痛み分けと言うことにして一先ずお開きということで」

オイラは見るに見かねて仲裁に割って入った。

「何事も〈まあまあ主義〉の事勿れ主義で済まそうとする。若い諸君の悪い癖だ」

一転して鋒先の向きを挿げ替える。

（おいおい、相手を違えるなって）

険悪な情勢は三つ巴の乱打戦の様相を呈してきた。

斯くなる上は臍を固める。

持久戦も辞さない。

両者の精神的肉体的疲れを庶幾うっきゃない。

今夜は寝ずの番だ。

☆

軽い頭痛がした。

未だアルトアルデヒドの抜け切らぬ所為か。

目が覚めたはいいが三人とも転寝の態。

徹宵の酒盛りとなったゆえ疲労困憊で何時しか意識が溷濁してイギタナク寝入ってしまったらしい。

二人も順次覚醒した。

起き掛けの古老は如何にもバツ悪そうだ。

身の置き所がないふうで目立たぬようソッと自室へ立ち返った。

「キミには敬老の精神がないんか」

「手厳しいね」

「長幼の序の観念が無さ過ぎるわ。少しは論語の素読でもしてみたら」

「古狸め。結構しぶといわい」

酒呑童子は答えずに専ら古老の非難に終始した。

「一筋縄ではいかなかったみたいだね。さすがのキミもたじろいでたもの」

「あの爺さん、年甲斐もなくジョッパル（強情を張る）から、ちょっくら揶揄ってみたくなってよ」

「それにしちゃあ、随分と手こずってたみたいじゃないの」

「あのジイさん、あんまり憎まれ口をきくからコチトラもついムカついてな。てなわけで見てのとおりの座興に及んだ次第さ。それにしてもカワイくないジジイだよ」

「キミにしては珍しく冷静さを欠いてたね。それだけ相手が手強かったってわけか」

「貴君にチト尋ねたいが傍から見てどっちに分があったと思う？」

「どっちもどっちさ」

「久方ぶりに骨のあるジイさんに出くわしたよ。まあ面白かったわな」

「いい気なもんだよ。両者の板挟みになって翻弄されたこっちの気も知らないで」

十五　舞姫

期末考査が差し迫っていた。
桃色映画と自慰に現つを抜かし平生予習復習に身を入れてこなかった付けが回ってきた。
一夜漬けも辞さぬ。
となれば腹が減っては戦が出来ぬ。
宵っ張りに具えて最寄りの御結び屋へ出掛ける。
　世の中スイスイ
お茶漬けサラサラ
おむすびころりん
　すっとんとん
腹拵えを済ませて再び机上に齧り付く。
験を担いで（景気付けに）捩じり鉢巻きをキリリと。

深奥（しんおう）から何となく英気（えいき）が漲（みなぎ）ってくる感じだ。

よし戦闘態勢は整った。

午後十一時頃一時転（うた）た寝（ね）する。

午前を回って一時近くに仮睡（かすい）から覚（さ）める。

尿意を催した。

寝惚（ねぼ）け眼（まなこ）の儘（まま）共同便所へ立つ。

用を足して引き返してきた。

部屋の前で何気なく窓外に目をやった。

多分明かりが視程（してい）を掠（かす）めた所為（せい）だ。

家々の灯火が大概深更（しんこう）の静寂（しじま）に沈淪（ちんりん）しているなか其処（そこ）だけルーペで覗いたみたいに目立って明滅（めいめつ）していた。

現在地から五十米（メートル）程の懸隔（けんかく）。

周囲の建物中一際（ひときわ）異彩（いさい）を放つ九階建ての高楼（こうろう）の女子寮。

有楽町にある某（ぼう）レストランの女子寮と言うことで彼女等（ら）は午前一時前後に思い思いにご帰還遊（あそ）ばす。

其の頃の時間帯になると各窓の明かりが螢火の如く次々に点滅を繰り返す。

オイラの注意を引いたのは八階の某窓。

強く惹き付けられたの（魅せられたの）何の。

と言うよりも鷲掴みにされた。

垂涎の対象が窓辺に佇んでいた。

何とまああられもない下着姿ではないの。

〈時季（夏季）〉と〈高層階〉と〈深更〉との三点セットが幸いした。

恵沢を齎してくれた。

右の三条件が彼女等を無防備にした。

且つ大胆な振る舞いをさせた。

これに触発されてオイラの欲心も又惹起した。

欲気は愈々以て昂進する許り。

然れど女子寮迄の距離と肉眼のハンディとの相関関係から推して迫真性に富む的確な姿態の補捉には難があった。

これを克服するには更なる補助具の入手が必須の条件だった。

深海のような視界に展開の悩ましき惑い（まどい）の窓辺（まどべ）を一層の蠱惑（こわく）的遠景とするべく翌日早速（さっそく）最寄り（もより）のデパートへ走った。

望遠鏡売り場に於いて身分不相応の大枚をはたいて心強い味方（みかた）を手に入れた。

無論御代（おだい）は例の質種（しちぐさ）を担保にして作った。

欲する（ほっする）ものの断念ほど精神衛生上宜しく（よろしく）ないものはない。

だったら借金何するものぞ。

欲心欲気（よくしんよくけ）を充足せずして何の人生ぞ。

☆

其れ（それ）からというもの午前一時近くになると勉強そっちのけで気も漫ろ（そぞろ）。

例の窓辺（まどべ）が気になり出す。

勉強どころではない。

勉強は二の次。

愈々（いよいよ）小型望遠鏡の御出座（おでま）しだ。

弥が上（いやがうえ）にも期待が高まる。

望遠鏡の出し入れに必要な限度で窓を開け（あけ）た。

標的に気取られた日には此の怪しからん目論見は其れこそ台無しだ。折角降って湧いた幸運を見逃す手はない。逃がした魚は大きいとも言うし。

手始めに部屋を消灯する。

其の上で望遠鏡の先端をチョコッと窓から差し伸べる。

標的に覚られたらお終いだ。

したがって細心の用心をもって取り掛かる。

倍率二倍の望遠鏡を標的に差し向け徐々に焦点を絞る。

レンズ内の標的がズームアップして凡そ五十米先の実物大との距離が一挙に縮まる。

リアルさに於いて肉眼とは格段の違いだ。

此れから展開するであろうレンズ内の見せ場（動画）を想定して否が応でも期待が高まり心悸が昂る。

案に相違して直ぐ様手厳しい現実に直面した。

望むようなナイスショットを得ようとして件の時間帯に望遠鏡を差し向けるものの思惑どおりの動画をゲットできるとは限らなかった。

連日肩透かしを食う羽目に陥ることも度々だった。

今更乍ら女族の生態観察の難度を思い知った。

嘗て動物もののテレビを視聴したことがあった。

滅多に姿を現さぬ稀少動物の生態を撮影しようとして獣道にカメラを設置し根気よく待機する。


来る日も来る日も空振り。

〈待てば海路の日和あり〉

此れだけを頼りに只管待つこと三週間。

漸くにしてカメラが決定的瞬間を捉えた。

事程然様に生態観察は時間を空費する。

況してやオイラの標的は若い女だ。

況や其の生態にはカラッキシ暗いと来た。

と言って音を上げるわけには行かない。

其れでは見す見す極上の見せ場を逃す羽目になり兼ねない。

据え膳食わぬは何とやら。

折角の御馳走が勿体ない。

短慮は禁物。

此処は一つ来たるべきナイスショットを乞う期待して気長に生態観察を続行するに如くはない。

とは言いながら鶴首できたのも偏に窓辺の情景に魅せられたがゆえに他ならない。

でないと疾っくの疾うに放り出していた。

生態観察に食指を動かしてからというもの勉強其方退けで現つを抜かす始末。

目先の快楽に血道を上げ入れ込む。

更なる留年は御法度の身を思えば由々しき事態だ。

オイラは禁欲主義のゼノンよりか享楽主義のエピクロスの支持者に他ならない。

従って忍辱を強いられる勉強なんかよりも生態観察が断然面白い。

〈病膏肓に入る〉に連れて生態観察が日課のうちに組み入れられるに至った。

思うに♀の生態を覗き見ることほど心疚しき其れでいて心奪われる趣向はない。

換言すれば一種の隠花植物の如き遊びと言えよう。

恰度そんな矢先に名画座で〈裏窓〉と言うヒッチコックのサスペンスムービーを見る機

会があった。

怪我で療養中の無聊を喞つ主人公が退屈凌ぎに病室から望遠鏡で覗き見趣味宜しく隣家の窓辺を覗き見ていた。

其の際思い掛けず殺人の現場を目撃する。

軈て犯人に感付かれて命を狙われる。

犯人が主人公の病室に忍び込んで凶行に及ぼうとする。

主人公は怪我で身動きならぬ身。

絶体絶命の窮地。

結末や如何に。

敢えて弁解するわけではないが斯様に覗き見嗜好（愛好）の不届き者は洋の東西を問わず何処にもいる。

☆

深更部屋を暗幕にして望遠鏡で密かに覗き見る小宇宙は如何に。
「カーテンコールの舞姫さんは
急拵えの窓辺のステージで真夜中のストリップティーズの開演よ

送る秋波が蠱惑的ね　痺れちゃうわ　目眩くわ
だけどくれぐれも夜目の不届き者にはご注意あそばせ」

今望遠鏡のレンズ内に活写の動画は実際の野鳥等の生態観察を凌ぐほどの誘惑蠱惑に満ち満ちていた。

溽暑の深夜と言う気安さも与って又レストランのウエイトレスと言う気苦労の絶えぬ客あしらいの仕事から解放されて彼女等は表向き（余所行き）の顔をかなぐり捨て大胆にもスッピンをさらけ出していた。

オイラは連夜彼女等の生態観察に余念が無かった。

時針は疾うに軽く午前一時を上回っていた。

幾つもの窓明りが一つ又一つと暗溟に沈淪した。

数少なくなったルームライト。

新たに灯る部屋は殆ど無かった。

と、突然上階の窓に明かりが。

毎度過大な期待を寄せる所為か何の釣果もない期待外れに終始する日が続いていた。

果たせるかな今回も肩透かしを食うか。

心なしニヒリズムに陥っている。
それでも毎度弥が上にも期待感が高まる。
漸くにして閉め切った窓のカーテンが開け放たれる。
窓辺のステージに現れ出たるは本日のラストを飾る舞姫。
待ってました。

さあ待ちに待ったストリップショーの開演だ。
舞姫の独演会始まり始まり。
団栗眼を見開いて篤と御覧じろ。
窓辺にスラリと立つ影絵の如き嬌態のシルエット。
今度こそ見掛け倒しはＮＧ。
然れど其の懸念御無用。
期待を裏切らぬ見応え充分のナイスバディーがレンズの先にあった。
熱視線がレンズを覗く。
熱々で今にもショートしそう。
観客はオイラ一人と言う贅沢さ。

彼(か)の時(とき)とは月と鼈(スッポン)。

彼(か)の時(とき)とは場末(ばすえ)のストリップ小屋を覗いたときのこと。

荒法師(あらほうし)と一緒して以来何を隠(かく)そうオイラ一時(いっとき)ストリップに嵌(は)まった。

客席には古びた椅子が十数脚雑然と並べてあるだけ。

殺風景さが際立(きわだ)つ。

舞台(ステージ)にはマット一枚敷(し)いてあるのみで簡素極まりない。

此(こ)の一事(いちじ)から推(お)しても出演踊り子のランクが知れようというもの。

斯界(しかい)で一世を風靡(ふうび)した〈ジプシーローズ〉や〈一条さゆり〉の如き大物の出演を望んでも無い物ねだりに等しい。

端(はな)っから望む可(べ)くもない。

軈(やが)て開演となり舞台(ステージ)現れ出(い)でしは予想に違(たが)わぬ女傑(じょけつ)に他(ほか)ならない。

嬉(うれ)しい誤算どころか紛(まご)う方(かた)もなく五十がらみのオバハン。

母と略(ほぼ)同年代。

（何だババアじゃねえの）

登場するなり客席に向かって嫣然と秋波を送る。

前歯の金冠がキンキラキン。

観客一同思わず腰が引け後退りする。

衣裳はスケスケルック。

マットに身を横たえるや下っ腹の脂身贅肉が重力の法則に則ってダラリの帯。

重層の弛みを造形して止まない。

オバハン・メタボ・ストリッパーの面目躍如たるものがあった。

ショーの実演中だというのに客席からは人影が次第次第に疎らになっていった。

何やら心細くなって辺りを見回せば何と残るはオイラ一人ではないか。

オバハン・ストリッパーは客が中抜けする度に不貞腐れる始末。

到頭オイラも居たたまれなくなって逃げ腰になると見るや恨めしげな顔を向けて寄越す。

「まさかお兄さんまでも出て行く気じゃないだろうね。無人の客席に向かって踊らせるようなそんな酷いことはしないわよね。今はお兄さんだけが頼みの綱なんだよ。ここは一つ親孝行だと思って見捨てずに止まっておくれよ、ね」

哀願される始末。

「十八で初舞台。華やかなりし頃は東都の大劇場の舞台にも立ったわ。それが何時しか流れ流れて今やドサ回りの身さ。この舞台を引退の花道にして第一線を退くつもりでいるんだよ。それなのに空席が目立ってはサマにならないじゃないか。後生だから情けを掛けておくれよ。恩に着るからさ」

斯うまで情緒纏綿と泣き落としを噛まされた日には二十歳其処いらの左程擦れていないオイラなんぞ一も二もなくイチコロだ。

畢竟 最後迄見届ける羽目になった。

まさに泣きっ面に蜂。

此れに懲りたものか須臾のあいだストリップから遠ざかった。

☆

舞姫は窓辺に佇んで寝静まって森閑とした大半が消えて乏しい夜景に暫時見入る。

遠景の一角に欲動にギラつき物欲しげな目を凝らす不埒者が潜んでいるとも知らずに。

赤く咲くのは　けしの花

白く咲くのは　百合の花

どう咲きゃいいのさ　この私

夢は夜ひらく
十五　十六　十七と
私の人生　暗かった
過去はどんなに　暗くとも
夢は夜ひらく

（「圭子の夢は夜ひらく」藤圭子）


一時窓辺から舞姫の姿態が立ち消える。

然れど杞憂に過ぎなかった。

舞姫が再登場する。

又候窓際に佇立すると夜景に見入る。

前後に於いて姿態の動きに此れと言って変化は見られない。

固唾を呑んで凝視するオイラとしては大いなる期待を抱いて臨んでいるだけに拍子抜けの感は否めない。

舞姫の一挙一動が如何にもまどろっこしい。

早いとこエロティックな演技に移って欲しい。

切なる願いだ。

然れど凝然として窓外を見下ろす許りで一向に次なる行動に移ってくれない。

彼女若しかして夜陰に乗じて悪さを遣らかす不心得者の存在に疾うに感付いていたりして。

次なる一手に躊躇するのも其の所為かしらん。

一つ気掛かりがあった。

レンズの先端が何かの拍子に反射でもした日には怪しまれてもおかしくない。

次の大胆な彼女の行動が杞憂を打ち払ってくれた。

「それほどあたいの凝脂が拝みたいのだったら望みを叶えてあげようかしらね」

然うとでも言いたげに舞姫は漸くにして次なる挙止に出た。

舞姫のしなやかな腕がワンピースの背のファスナーに伸びる。

ようやっと待った甲斐があった瞬間が来臨するというわけだ。

舞姫の双腕が背なで交叉しながら動きを止めた。

そうして再び夜景に目をくれた。

さては焦らし作戦か。

中々どうして可成りのテクニシャンだ。

焦らしは何と言ってもストリップの要諦に他ならない。

パッパと景気が好くてはストリップは興醒めだ。

成る丈小出しに終始しなくてはストリップは成り立たぬ。

出し惜しみを以て範とする。

彼女こそストリップ道の王道を行く（衣鉢を継ぐ）舞姫に他ならない。

☆

一時の解放感が彼女を何時になく放恣な雰囲気に誘ったのも事実。

ややあって後ろ手が始動する。

片方の手のしなやかな指先の動きがスルスルと引き下ろしていく。

動きが極点に達すると襟首の辺からワンピースが左右に割れて肩先をエキサイティングに滑り落ちる。

ずり落ちる刹那彼女の両手が素早く胸元を押さえる。

すんでのところで事なきを得た。

オイラに取っては御蔭で瞠目垂涎のナイスショットが台無しだ。

返す返す彼女も罪なことをしてくれる。

胸元をしっかと押さえた儘舞姫は暗夜の深海に沈む窓外を覗き込んだ。

〈深海に生きる魚族のやうに自らが燃えなければ何処にも光はない（明石海人）〉

舞姫が窓辺から右メッセージを送って寄越したように感じる。

程なくして舞姫は徐々に後退りする。

「又の機会の御来場を」

舞姫の口許が然う言っているように見える。

（さんざん御預けを食わせた挙げ句トンズラかよ。そりゃあないぜベイビー）

レンズ越しに文句をつける。

然れど舞姫は聞く耳持たぬ。

更に窓辺から離れる。

（いい線行ってたのに）

（貴重な勉強時間を削ってまでして過大な期待を寄せてたのに。時間の空費をどうしてくれるんだよ）

オイラは思い付く限りの泣き言を並べ立てる。

オイラの嘆き節が以心伝心で舞姫に伝わったのやら。

彼女が再び窓辺に戻ってきた。

そうして意外な挙に打って出た。

何を思ったか其れともオイラの切なる願いがやっと通じたか先ほど来、両手でガードを固めていた胸元を事もあろうに解き放ったのだ。

其の途端に胸部は守護を失って衣服が瞬く間に足下に崩折れる。

いやはやレンズの先には垂涎の光景が繰り広げられている。

窓辺に婉然と佇む舞姫。

（ヘイ、ベイビー、ブラボー！）

ヴィーナス誕生。

まさに一幅の繪に他ならぬ。

弥が上にも次なる期待が高まる。

一糸纏わぬ艶姿を。

熱望するは不遜なりや。

もっと咫尺の間で拝せんとして両者の距離を縮めるべく倍率を最大限に絞る。

被写体が吸い寄せられるようにぐっと肉薄する。

下世話な物言いをするならばストリップ小屋の噛り付きに陣取った気分だ。

今しも窓辺の仮設舞台では舞姫が窃視の不埒者とか目の保養を企む者とかの飢えし狼どもに向かって大盤振る舞いの喜捨に及んでいる。

別けても清浄無垢の白い下着姿が見る者をして一層の〈欲動〉を掻き立てる。

（もっと淫らに）

ヒールを脱ぎ捨て、ルージュを脱ぎ捨て
すべてを脱ぎ捨てたらおいで
裸にならなきゃはじまらない
ショーのはじまりさ
過去を脱ぎ捨て　昨日を脱ぎ捨て
すべてを脱ぎ捨てたらおいで
瞳をかくして逃げ込むなら
話しにならないぜ
朝でも夜でも真昼でも恋はストリッパー

裸のふれあい
春でも秋でも真冬でも愛はストリッパー
見せるが勝ちだぜ
おれのすべてを見せてやる
おまえのすべてを見たい

（「ス・ト・リ・ッ・パ・ー」沢田研二）

☆

惜しむらくは更なる進展に欠けた。
已んぬる哉。
嫣然たる微笑を湛えて舞姫は静々と舞台から退場した。
これにて本日の演し物は打ち止め。
千秋楽で御座い。
斯くて真夏の夜の狂躁は一場の夢と化した。
直窓辺から明かりが消える。
此れを以て薄情だ無情だつれない仕打ちだなどとボヤくこと莫れ。

私は、

――どうか　主人を助けて下さい

と、知抄の光に、お願いすることしか出来ませんでした。

そして、八月二日、主人と共に、神宮外苑フィットネスサマディ金曜日、夜七時からの〈**智超法気功**〉**教室**に、参加するチャンスを頂いたのです。結婚して以来、セミナーには共に参加させて頂いておりましたが、お教室への参加は、主人にとっては、初めてのことでした。最初、主人は緊張した様子でしたが、スタッフの方々の温かいお言葉、そしてお教室いっぱいに、降り注がれる、実在する知抄の光を浴びて、言葉にならない〈**やすらぎ**〉を感じたようでした。お教室が終わる頃には、見違える程、清々しい顔に変容しておりました。

―〈ゆったりする〉って、いいね！
―☆〈ソフトボディ〉って、いいね！

と、今学んだばかりの〈智超法気功〉を、嬉しそうに、話しておりました。その翌日の朝、

―今日は、お風呂が洗えたよ！

と、久々に嬉しそうな主人を、見ることが出来、私も、嬉しくて、知抄の光に、喜びと讃美と感謝を、即、捧げました。
すると、今度は

―草取りやってみる！

☆ソフトボディとは、智超法気功５式の中の技法の一つです。

と、庭の手入れも、一緒に、出来るようになったのです。

それから、

――自転車に、乗れるようになりました。

――長距離を、歩けるようになりました。

ありがたくて、ありがたくて、

――知抄の光に

喜び　讃美　感謝　爆発！

でした。

そして、知抄の光の偉大な威力(いりょく)のおかげで、

——元気に、出勤する

ことが出来るようになりました。更に、大好きな野球の観戦や旅行にも行けるようになったのです。

しかし、私自身が、喜びと讃美と感謝で過ごしていないと、連動するかのように、主人の首が、時折、痛くなることに気付きました。私がサロン（二〇一二）や、お教室から帰宅すると、主人が不調や、首の痛みが、良くなったことを、必ず伝えてくれるからです。

私、自ら（みずか）が、〈**智超法秘伝**（ちちょうほうひでん）〉を実践し、知抄の光に全てをゆだねて、〈**魂の光**〉を解放して頂き、〈**光そのもの**〉になると、側に居る主人に、どれ程影響するのかが、本当に判（わか）りました。

これからは、家族も、職場も、地域も、日本列島も、そして、地球全てが、良い方へ向かえるように、私自身がまず、〈光そのもの〉で居ることでした。喜びと讃美と感謝、爆発の威力を振りまいて歩む為には、私が、〈光生命体〉に、変身することでした。

来る一〇月五日のセミナーには、主人と共に、早々に参加を申し込みました。主人も私も、ワクワクしながら、セミナーを楽しみにしています。

――救い主　知抄の光　ありがとうございます

二〇一九年　八月　二日

（M・N）記

思考の停止に気付いてない人々

仕事が終わって外に出ると、やけに空が黒いなと思って上を見上げました。交差点の角にあるラーメン屋のビルから、黒煙がもうもうと出ていました。今迄なら、誰かがすでに、消防署に連絡しているだろうと、通り過ぎていたと思うのです。何故か素通り出来ない気持ちになり、

――これは大変な気がする

と、中を覗いて見ると、エレベーターホールの奥にある、機械室

から、オレンジ色の大きな炎が、上がっていました。ラーメン屋の方が、一人で懸命に、ホースで水をかけていました。こんなので消火できるわけがないと、とっさの判断で、近くにいる方に、消防車を呼ぶことを依頼し、隣の居酒屋には、火事だから、すぐに避難するように声をかけました。ラーメン屋に並んでいる大勢の観光客の方にも、

――ファイヤーだから離れて

と、近付かないように大声で皆さんに訴えました。黒煙が酷くなり、ビルの上ではベランダに出て、タオルで口を押さえて、手を振っているのが見えました。もう一度、隣の居酒屋の店長に、避難するよう話し、行列に並んでいる方々にも避難するよう訴えま

した。もの静かで、サイレンが鳴っていないからなのか、全く他人事と思っているのか、それとも冷静なのか、目先の商売が大事なのか、火災では初動が大事なのに、何故(なぜ)か動こうとしませんでした。

周りで見ている人達は、スマホで撮影したり傍観(ぼうかん)しているだけで、観光客に避難を勧めたり、動こうとする人もいませんでした。しばらくして、サイレンが鳴り、十数台の消防車が駆けつけるまで、三～五分位の時間だったかもしれません。本当に地球の存亡、人類の存亡、日本列島の存亡、個人の存亡がかかっている今の状況の中で、人間各人の、危機感の無さを見せつけられた体験でした。改めて、光と化した地球での、溺(おぼ)れて思考が停止する状況を、認識させて頂きました。

その後、ケガ人が出たとの、報道は、聞いておりません。すぐに鎮火し、大事に至らず、最小限の被害で済んだ様子に、これも学びの一つと、喜びと讃美と感謝の威力が増していることを実感しました。これから、何が起ころうと、

――知抄の光を魂に掲げて、

――閃きのままに言動して行きます。

今日も無事に過ごせたことを、知抄の光様に感謝申し上げます。

二〇一九年 八月 九日

（T・H）記

智超法秘伝（ちちょうほうひでん）を　実践・実行するだけ

いつも地球を救い、真に光を求める人々を、光へ引き上げて下さる、知抄の光に、感謝を申し上げます。〈光呼吸（ひかりこきゅう）〉を実践している時に、

――

智超法秘伝（ちちょうほうひでん）を　実践実行し、

本来の　光そのものに　戻れることこそが、

大きな救いであり、

光の源（みなもと）の　人類を救う　お計（はか）らい

であると、思いました。

二十一世紀、光と化した新世界の地球の、喜び、讃美、感謝、爆発の中で、

――皆んな仲良く　光の仲間

喜び　讃美で　ワッハッハー

と、知抄の光様へ、

――偉大なる救い主　知抄の光様

有難うございまーす！

――全て 内なる思考の闇（やみ）を平定し

私自身を

喜びと 讃美と 感謝で

統一しました ――

と、いつも捧げることの出来る、私で在（あ）りたいです。今も嬉しいです。この状態を、自（みずか）らの存亡の為に、自力救済出来るよう、〈智超法秘伝（ちちょうほうひでん）〉を、実践・実行致します。

二〇一九年 九月 五日

（S・Y）記

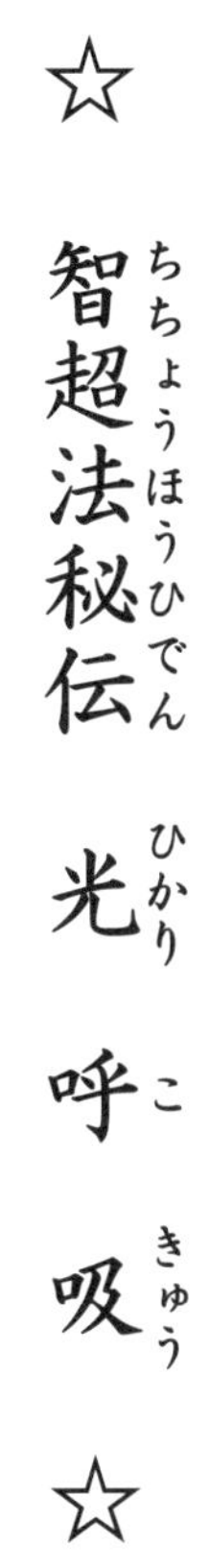

光を採り入れ

光に戻り

光と共に在る

☆身に修めましょう

やはりお教室は素晴らしい

いつもありがとうございます。

九月二日、月曜日の天馬教室に、急な上京でしたが、参加させて頂きました。当日扱いの参加にもかかわらず、スタッフの皆様、そして、お教室の皆様に温かく迎えて頂き、お声もかけて頂き、本当に、心から嬉しくありがたかったです。ずっとお教室に参加したく思っておりましたが、今回タイミング良くお教室で、皆様と共に、学ぶことが出来ました。**〈願えば叶う〉**知抄の光のお陰です。本当にありがとうございます。

――やはり、お教室は、素晴らしい――

入った瞬間に、心の奥底から嬉しさが込み上げてきて、涙が止まりませんでした。身体が柔らかくなり、とても楽で、嬉しく、楽しくなりました。この場所にこうして来させて頂けることに感謝の気持ちで、あっという間の時間でした。皆様の一口コメントのお話には、私が聞きたかったことを聞くことが出来ました。改めて、私が自分で実行実践しなくてはとの思いが強く湧き上がり

――よし、ヤルゾ――

と、鼓舞されました。そして自分が、いかに闇に溺れていたのかがよく判りました。お教室の後で自分の顔を鏡で見て、来た時の

顔よりも、若く美しく色白に変わっているのにビックリしました。大自然の大きな災害が次々と、鹿児島に帰ってからも起こりますが、常に光と共にいるように意識をすると、知抄の光への感謝の気持ちしかないことが、前よりもしっかり判るようになりました。光の源へ私の願いが届くように雄叫びをあげ、全てを知抄の光にゆだね、喜び讃美感謝で常に光り輝き、知抄の光を死守します。実在する知抄の光を浴びて、多くの気付きを頂きました。本当にありがとうございます。

二〇一九年 九月 六日

（M・K）記

☆　御遠方(ごえんぽう)の皆様へ　☆

智超法秘伝(ちちょうほうひでん)の実践・実行を

一　数(かず)え宇多(うた)を　口ずさむ

二　光呼吸(ひかりこきゅう)を　身に修める

三　知抄の光を　魂に掲(かか)げる

感謝 感謝 讃美 讃美
喜び 爆発！

私は今、喜び、讃美、感謝！でいます。それは、知抄の光の帳の中に、光の子として共に居るからです。我が魂の本性の光が、自由に羽ばたき、身も心も軽やかに、嬉しくて、楽しくて、妖精さん達と共に喜んでいるからです。理論や理屈ではなく、本当に幸せなのです。魂の光輝の真実の喜びを、体験しているからだと思います。

更に、日常生活の中で、いろいろな体験を通して、様々な学びを頂いています。そして、一つ学びを賜る度に、感動が込み上げ、実在する知抄の光の深い愛を感じます。有り難くて、嬉しくて、これが英知として、魂に刻まれていることが判ります。日常生活の一つひとつが、喜びに満ち、周りを変えて行きます。

偉大なる知抄の光を浴び、受けとめ、いつも笑顔で、楽しく、家族、そして、他を思いやる楽しい職場、全てを良き方へと導いて下さり、様々なことがあっても、成長出来るようにと、気付きと学びを与え続けて下さっています。日常生活の中でも、智超法秘伝を駆使すると、どんなに忙しくても、疲れず、元気いっぱいで、頭もスッキリします。

―― 知抄の光の威力に 不可能の概念なし ――

と、どんなことがあっても、必ず知抄の光だけを見て、前だけを見て歩めるように、知抄の光様が励まし続けて下さり、光の源目指して歩めるよう、智超法秘伝をお与え下さり、光の道を平坦にして下さっていることも、凄く感じます。
そして丁度、九州が豪雨に見舞われている時、家族で島根県へ帰省して参りました。羽田空港からは美しい朝日に見送られ、

――知抄の光様　ありがとうございます――

と、喜びいっぱいで出発しました。米子空港へ到着すると、西日本は前も見えない程の豪雨でした。その時、一瞬、

――雨が止まないかも知れない――

と、過りましたが、揺らぎがあってはいけないないと、

―― 知抄の光様　助けて下さい ――
いちに決断　知抄の光！

と、仕切り直しました。暫くすると空は晴れ、一週間雨予報だったお天気が、全て快晴に変わったのです。

島根で暮らす祖母が、

「外に洗濯物が干せるなんて思わなかった。知抄の光って本当に凄いね！」

と、久しぶりの晴れ間に、とても喜んでいました。祖母は一度、セミナーに参加し、健康体に蘇るという体験をしているからでした。予定通りに、様々な芸術や島根の文化に触れ、親戚の方々、そして、行く所すべて、周りの方々の笑顔がいっぱいで、楽しく、嬉しい時を、ファミリーで過ごさせて頂きました。

知抄の光様が、地球全土を守って下さっていること、そして、地球の隅々までが光り輝いて、木々や、山、湖、川、海、大地、空気、すべてが知抄の光によって輝いて、喜びに満ち、本当に美しい地球の変容を満喫しました。樹々や小鳥、虫たちも、魚も、喜び讃美感謝で爆発しているということが、鮮明に感じ取れるようになりました。そして、

――この美しい地球を守りたい――

と、光の子としての強い決意が湧(わ)いて来ました。

知抄の光様は愛そのものです。

○五月は ルビーのような サクランボ
○七月は 妖精が育てた すもも
○九月には 緑鮮やかな いが栗
○冬には 香りの良い レモンとネーブル

知抄様が大切に育てた、四季折々の草花、そして、どこにも見かけない、美しい白と赤の椿を、本当にぴっかぴかに輝く、〈光そのもの〉の自然の恵みを、光場(ひかりば)サロン（二〇一一）で、惜しげもなく、私達に共(とも)に、愛(め)でさせて頂く機会をお与え下さり、心が温かくなります。そして、見ているだけで、喜びが満ちて、更に食すと心身が浄化され、一日中、身体が温かく、知抄の光の帳(とばり)の中で、愛に包(つつ)まれる幸せを頂けるのでした。
光の子は、**知抄の光（十字の光・吾等(われら)）**を、魂にお迎えし、
光人〈ヒカリビト〉への確立をやり遂げる為に、知抄の光を魂に掲(かか)げ、母なる大地を守り抜く、強い覚悟を頂くのでした。

知抄の光様と共(とも)に　光の源(みなもと)目指し

喜び　讃美　感謝　スーレ

感謝　感謝　讃美　讃美　喜び　爆発！

二〇一九年九月七日

（K・S）記

☆智超法秘伝☆

それは

魂の光輝への

道しるべ

○幸せを呼ぶ 数え宇多をうたい

○光呼吸を身に、修め

○魂に知抄の光を 掲げ、る、

光と化した地球への道しるべ
《 智超法秘伝 》

♡4 光　呼　吸　(1995年　受託)

5．闇　を　切　る　術(すべ)　(1995年　受託)

♡6 喜び・讃美・感謝の動・静功　(1996年　受託)
♡（光の源への 雄叫び！）

7．光人に変身する術(すべ)　(2000年　受託)

♡8 幸せを呼ぶ　数え宇多(うた)　(2000年　受託)

9．知(ち)　光(こう)　浴(よく)（瞑想）　(2000年　受託)

10．言(こと)　の　葉(は)　瞑　想　(2001年　受託)

11．光生命体に成る術(すべ)　(2015年　受託)

12　再(さい)　生(せい)　の　術(すべ)　(2018年　受託)

魂の光輝への道しるべ

≪ 智超法秘伝 ≫

1．智超法気功　(1989年　受託)

（1）準備功　10式
（2）智超法気功　3式
（3）智超法気功　5式
（4）智超法気功　8式
（高級内丹静功法）
（5）智超法気功　10式

2．気功瞑想法　(1989年　受託)

（1）初級
（2）中級
（3）上級
（4）アデプト（天目開眼功法）

3．気功の秘音（ひついん）　(１９９０年)

私は　新世界の　礎(いしずえ)の　光の一つです

――今、私は、とても、自由です――

そして、実在する知抄の光に見守られている安心感と、幸せを、満喫しています。今までの暗かった私の人生が、良い方へと好転したからです。

私が、長い歳月、心に、思い描いていた事が、一つひとつ実現して今、幸せコース、光のコースを歩めるからです。性格も別人かと思える位明るくなり、職場でのギクシャクしていた人間関係も、すべてが爽やかで、穏やかに、変わりました。

ここまで来る事が出来たのは、実在する救い主 知抄様の光の威力の恩恵です。私は、今五十四歳になりましたが、何年も恐ろしい、出来事に悩まされ、地獄の底で、もがき、苦しんでいた私を、光へと引き上げてくださったのは、知抄の光でした。その無限の愛にすがり、ただ智超法秘伝を実践、実行し、やっとここまで、幸せコースへはい上がって来る事が出来ました。今迄、息を殺すようにして生きて来た、私の本当の生命を、蘇らせて頂きました。

ここまでの道程をふり返ると、ただ涙が溢れます。奇蹟という言葉すらあてはまらない、そして、感謝を表す事が出来ない程の、感謝だけです。唯、今、ここに、喜びの私がある事に、知抄の光に頭（こうべ）を垂れるのみです。

そして知抄の光の英知は、更に、私に前に進む道を指し示して下さいました。それは、二つの仕事でした。それも私が大好きな子供達との出会いを、そしてもう一つは、パン作りという、私の大好きな分野でした。

ヒラメキによって、更に資格を取る事を教えて下さり、次々とインスピレーションのままに、幅広い知識を学び、身に修め、今、多くの資格を保持しています。今、それらが全て、一つの無駄（むだ）もなく、私を生かしてくれる糧（かて）となりました。そして、

――私は　世界一　幸せな魂です！

――喜びと　讃美と　感謝で　爆発しています！

私は子供の頃から、自然界の生き物が大好きで、海の生物・植物・動物との共存共栄を望んでいました。夢みる夢子で自分には、それを叶(かな)える力も、知識もないとあきらめていました。

それが〈**智超法秘伝**(ちちょうほうひでん)〉に出逢い、救い主知抄様の放つ、知抄の光の威力(いりょく)によって、全て無駄なく、一つひとつの夢が現実化して、

―― すべてが　叶(かな)うんだ

やっと　その時が　来たんだ ――

と、喜びの雄叫(おたけ)びを、感謝と共(とも)に、光の源(みなもと)へお届けするのでした。

全て良い方へと、願うことが実現することで、更に、魂が喜びに打ち震えます。私の願いが実現し、全ての生きとし、生けるも

のが、幸せに過ごせるなら、全てを投げ出し、生命すら惜しくないとさえ思います。

私が住まわせて頂いている横浜、そして関東、日本、地球全土へと、この幸せが、願いが、更に発展する事、これを遂行する事が、私の生まれて来た、目的だと判りました。

地球を救い、人類を救う、救い主 知抄様の手足となる光の子としての確立が、自然に今、出来たように思います。

その為に、沢山の試練を与えられ、魂を鍛えられ、全ての試練を宝として、今、魂の光輝という、お宝を頂けたのだと思います。

今、私は、〈**魂の光**〉に活力を与えて下さる、光の源直系の御使者、燦然と輝く知抄の光と共にあります。

本当の自分、真我による個我の確立を意識出来ます。他人に依存しないで、知抄の光を魂に掲げることで、光の子として、更に、〈**大地を受け継ぐ者**〉としての、使命遂行を、**知抄の光**（**十字の光・吾等**）様と共に参ります。

最近気付いたことがあります。地球を救い、人類を救うという使命を思い

―― 知抄の光と共に在ります ――

と、思えば、思うほど、私は若返り、色白の美肌に変わります。そして、私に好意を寄せてくれる人達が、いつの間にか、自然に周りを囲んで、守って下さっているのです。そして、皆さんの笑顔が、温かく包み込んで下さるのです。次々と、嬉しい事が、毎日起こります。そして、知抄の光への感謝は、より深まります。

今、私は、入静(にゅうせい)していると、エンゼルちゃんになって、知抄の光を、世界中に振りまき、空を飛んでいる姿が浮かびます。飛んでいる時の本当の私は、可愛く、幼子(おさなご)のように純粋です。実在する至純(しじゅん)・至高(しこう)なる知抄の光を、振りまいて、光と化した地球を支える礎(いしずえ)の光の一つ、これが本当の私の姿です。

二〇一九年 九月 一日

（M・N）記

☆ 光への願い ☆

すべてを

光へゆだねることで

その願いは叶(かな)う

――但(ただ)し 人間の願いは

ほとんど 光の源(みなもと)に届かず――

本にして本に非ず　幸せを掴みました！

今、私は七十五歳になります。何の心配もなく、穏やかな幸せをかみ締めながら、生活しています。

私は、四十六歳の時に自立しなければと、鍼灸指圧師の資格を取りました。仕事は順調で、一日に十二時間～十四時間、夢中で働きました。

――　自分はなぜ生きているのか　――

その答えを求めて求めて、日々、仕事に全てをかけて、子供三人を育てながら、過ごしておりました。そんなある日、知抄先生の御本に出会ったのです。このお方こそ、私が求めていた、人生の師だと思い、次の日、神宮外苑フィットネス火曜日に開講されている、〈**智超教室**〉に、駆けつけました。

教室に入った瞬間、教室内に充満する気を感じ、圧倒されました。そして、あまりの凄いパワーに、驚きました。私が感じた〈**気**〉は、太陽の光が凝縮されて入っているかのように、表現が難しいのですが、暖かく、温もりがあって、凄い力を感じました。

数年後に、特別な所である、サロン（二〇一一）に入室した時は、もっともっと濃い、心地の良い、輝く〈**気**〉でした。

そして、半年前になりますが、知抄の光様に会わせて下さいと、お願いし続けたら、何と、胸に美しく輝く、光の固まりが出来、それが弾けて、**〈喜びの爆発〉**を、全身で感じさせて頂きました。これらの一連の体験は、知抄の光は、呼べば応えて下さる、実在の光であることを、充分過ぎる程、判らせて頂けました。

今、仕事中は、ずっと、**幸せを呼ぶ〈数え宇多〉**をうたっています。そのせいか、バイクで移動するのですが、知抄の光を思うと、追突事故（過去三回ありました）が無くなりました。

かつて、私は、生きている喜びを感じられなくなって、死を願っていたことがあります。今、老後の貯えも目標に達し、自分の家も持つことが出来ました。同居の息子二人とは、仲良く、日々楽しく笑いの中で、幸せな毎日を過ごさせて頂いています。すべては、一冊の知抄先生の御本との出会いから、始まりました。この幸せコースを、知抄の光と共に、まっしぐらに歩んで行きます。

――本にして本に非ず

まさしく　その通りでした――

今、二〇年経ちましたが、地球を救い、人類を救う　知抄の光に、私の全てを、捧げたいと思っております。

――感謝申し上げます――

二〇一九年九月十三日

（Ｆ・Ｋ）記

新世界への旅立ちを感じます

本日は、朝起きた時から清々しい空気に包まれ、昨日から更に一段と、進化した地球を感じました。純粋透明な空気感は新しい地球に同化するために大切な要素で、私達も、もっともっとこの光に満たされた新世界に、同化して行きたい思いでした。

本日は四ツ谷午前教室、そしてサロン（二〇一一）入室ありがとうございました。また新しいスタッフの方が加わって、教室もどんどん進化をしていく事が明白でした。幸せを呼ぶ数え宇多の雄叫びはもの凄い、光の渦になっていました。教室参加者の魂を大きく揺さぶったようで、感想を述べながら、パーッとお顔がピンク色に輝きを増していました。

九月九日の十五号台風で、千葉にお住まいのお方のお一人は、ご自身の家は停電を免れたご様子でした。横浜の磯子区にも避難警報が何度も鳴りましたが、我が家は指定の地区から免れ、何も支障なく生活させて頂けました。今振り返ると、あらためて感謝しかございません。こうして、何不自由なく生活させて頂いている日常生活自体が、本当に有難く感謝感謝です。房総半島の停電している地区の一日も早い復旧を、知抄の光に願います。

サロン（二〇一）では、救い主様の御尊体に入れて頂く感覚でした。入室と同時に喜びが爆発し、有り難くて、嬉しくて、嬉しくて、救い主様の御意思を受けとめ、共に使命遂行をお願いしていました。昨日より、さらにサロン（二〇一一）は、進化している光場（ひかりば）でした。入室する私達が、人間の肉体マントでは入室出来ない、光そのものになっていなければ、もはや、光の地球に存在出来ない事は明白でした。同じ事を何度言われても、是正出来ずに繰り返してしまう私達ですが、もうこのような繰り返しこそ、光と化している地球に申し訳なく、恥ずかしく、全員が救い主知抄様をお守りする強い意思で、自らが〈**光生命体**（ひかりせいめいたい）〉として、光り輝いて入室させて頂きたいと思いました。

今日は、十一月発刊の第三巻である、新しい御本の表紙のお写真を見せて頂きました。表紙を見ただけで、魂の光がすぐに顕現（けんげん）する、物凄（ものすご）いと、実在の光のお写真の恩恵を感じました。御本の出版が待ち遠しいです。

今日も私達光の子を長時間、知抄の光様の御尊体である、サロン(二〇一一)の光場(ひかりば)で、進化させて頂き、ありがとうございます。大きな大きな恩恵を、そして大きな学びを沢山(たくさん)頂き、知抄先生の無限無私の愛に、万感の思いを込めて感謝申し上げます。

二〇一九年 九月十五日

(O・S)記

☆この第三巻の表紙について☆

第二巻　あなたは溺れていませんね♥

の表紙同様、二〇一三年五月五日、サロン(二〇一一)講座中に降臨された、実在する 知抄の光の御写真を使用してあります。

御本が縁の山口県秋吉台での不思議体験

今年の三月の事でした。福岡への出張の合間をぬって、山口県の友人に、知抄先生の御著書**〈あなたは溺れていませんね❣〉**の、第二巻の御本を差し上げに行きました。高校で教師をしており、剣道八段という凄いお方です。今迄も、智超法秘伝の、**〈幸せを呼ぶ 数え宇多〉**もご紹介しており、一〇年以上に渡って、親しくして頂いております。

今回は午後三時に、新山口駅で落ち合い、夕方に奥様も合流するということで、その待ち時間を使ってドライブに連れ出してくれました。私は、山口県を良く知りません。何となく自然の流れで、秋吉台に車は向かっていました。小一時間で展望台に着きました。車外に出てブラブラしていましたが、観光地図の立て看板をふと見ると、

〈龍護峰〉という地名に、私は気付きました。

友人に、

――たしか、この〈龍護峰〉という場所に、知抄先生は来られていますよ。そして、瞑想中の知抄先生に、十字の光が降臨（こうりん）したというのは、ここ、秋吉台です――

と、とっさに私は饒舌になって説明しました。この地で撮影した、〈十字の光〉の降臨写真は、私がプレゼントした御本の表紙にも載っていたはずで……と、車中に置いてある御本を取りに戻ろうとした時でした。

パラパラと小雨が降り出し、そして一気に強い雨となりました。当日の正午頃までは、良く晴れていたのですが、秋吉台に差し掛かる前後で曇り始めていたのでした。天候は一変し、あっという間のことでした。急いで車に戻って山口市内に引き返すことにしました。

なんと、その帰り道のことです。経験したことの無い天候に出くわしたのです。雨脚が急に強くなっただけでなく、車のフロントガラスにガンガン固いものが当たり始めたのです。雹でもなく霙（みぞれ）でもなく、〈**意識ある**〉、まるで小さい雪玉を、誰かがぶつけて来ているような、光景が始まったのです。ちょっと不安になって、助手席の私は運転中の友人に、

——山口は、この時期こんなお天気になるの？

と聞きました。

——こんなこと、初めてです。——

とのことでした。すると一、二分もしないうちに、突如、降りやんでヤレヤレと思うと、空の暗雲の間から、光が差したのです。それと同時に、左側の窓を見ると、五〇メートルほど離れた地面近くに虹が出たのです。秋吉台を知っている人ならば判（わか）るでしょうが、周辺はまるで、スコットランドの荒野みたいな景色で、遮（さえぎ）

るものが無い場所に、鮮やかに現れたのです。人家や高い木もまばらな見晴らしの良い場所に、忽然と、冬枯れの残る草地に、突き刺さるような形で、虹が現れました。まるで外国映画の一場面を見せられたように、友人と呆気にとられて、この光景を眺めました。

この日は虹をきっかけに、いつになく、話が弾んで、旧交を温め、楽しく過ごさせて頂きました。これも知抄先生の御本は、**〈本にして本に非ず〉**☆といわれる由縁でしょうか。御本が家に一冊在るだけで、多くの奇蹟を私も仄聞しておりますが、私と友人が二人で体験を共有できた、この御本の発する、無限の知抄の光の威力が、

――〈これほどのもの〉とは……

本当に体験し、理論・理屈ではないことが判りました。

これ以降、私はご縁のある方々にはドンドン御本を差し上げることに致しました。その都度、予想外の楽しい体験をさせて頂いております。

あらためて〈実在する 知抄の光〉に感謝申し上げます。

二〇一九年 九月 十八日

（K・T）記

☆ 奇蹟・不思議体験は、
光の帳の中では、当り前のことです ☆

⑬ 喜び　讃美　感謝で
幸せに過ごしております

私達、家族三人は、自然豊かな足柄山の麓(ふもと)で、健康で穏やかな日々を過ごすことが出来、知抄の光に見守って頂いていることを実感し、心より感謝しています。

この開成町で〈**そば店**〉を、開業すると決めた時です。自分の頭で考えていた通りに、物事が進んで行かず、開店が近付くにつれ、だんだん、私の中で、出店に対しての不安が募(つの)り始めて、気持ちが暗い方へと、消極的になってしまいそうな時期がありました。

そんな時に、知抄先生より、御助言を頂きました。そして、スタッフの方々にも、励ましのお言葉を頂き、その一つひとつを、焦らず、

―― 確実に　一つひとつ　心を込めて
目の前のことを　処理することで
無事　開店することが出来ました ――

いつも、〈知抄の光〉に、見守って頂いていることを実感しながら、開店十二周年を迎えることが出来ました。本当に嬉しく、どう感謝したら良いか、ただ、

―― 知抄の光　ありがとうございます。

そんな折、九月十七日のことです。今、光と闇（やみ）との戦いの中、光と共（とも）に居ないと、大変なことに巻き込まれるという事を、私自身が体験致しました。それは、車の運転中に、信号待ちをしていた時のことです。

――ドーンという音がして
自分の身体が、後ろからの衝撃で
一瞬 前へ のめり込みました。――

痛いというより、急に、後ろから、追突されたことへの驚きで、一瞬、頭が真っ白になりました。すぐに車を降りて、相手の方と話をし、警察の方に来て頂き、事故処理を致しました。

いよいよ、

―新世界への　旅立ちです

いつでも　どこでも

光と共(とも)に居ないと

こんなことに　巻き込まれるのですよ　―

と、全く予期していない、事故を通して、私達家族に、知らせて頂けたのだと、すぐに気付きました。

レントゲンの結果、骨に異常は無く、軽い足の捻挫(ねんざ)だけで、他は大丈夫とのことで、安心致しました。

―知抄の光

お守り下さり

ありがとうございます

喜びと讃美と感謝　爆発です ――

いつでも、どこでも、〈知抄の光〉を魂に掲げ、

――☆暗黒の地球を

お救い下さい――

の、雄叫びを、光の源へ届けます。そして、私の魂の光に、全てを〈ゆだね〉、一瞬一瞬、光と共に、美味しい〈おそば〉を、召し上がって頂けるよう、元気、はつらつ、楽しく、生活して参ります。

二〇一九年 九月 二十五日　（M・M）記

☆暗黒の地球を
お救い下さい☆

小宇宙である
人間の私を
光へ引きあげて下さい――
のことです

知抄・光の足蹟（そくせき）
（四）新人類への階梯（かいてい）

新世界への〈前夜祭〉

二〇一九年九月二十三日　荏川（えがわ）倶楽部にて

前夜祭（1）

本日は、素晴らしい〈前夜祭〉を、ありがとうございます。

本当に嬉しく、楽しかったです。

会食のご用意も賜り、美味しく、智超法秘伝の〈光呼吸〉をしながら、地球全土に光を放ちました。

皆さんのご発言も、口々に喜びと感謝で、光を守って歩む意欲に満ち、会場全部が光と成って、〈魂の光〉で統一されていました。

こうして、新しい光の地球の、礎の光として、一人ひとりが、光の子として、確立しての歩みが出来るまで、光の旅路を進んで来れた、今日という日に、共(とも)に在(あ)ることに、感無量な思いでした。
いよいよ、一〇月一〇日到来の、新世界の、光の地球の有り様(よう)を、今日、〈前夜祭〉として見せて頂き、私は、

――光の子・光人(ヒカリビト)として
使命遂行(すいこう)に
生命(いのち)捧げし者である――

ことを、確信とさせて頂きました。

二〇一九年 九月 二十三日

（F・N）記

前夜祭（2）

本日は、〈前夜祭〉に参加させて頂き、素晴らしき仲間の皆様と共に、光の地球の礎の光に成る、強い決意をさせて頂きました。

喜び、讃美、感謝に満ちる、愛そのものである、知抄の光を浴びると、沸々と地球全土に光を注ぎたくなります。知抄の光に自然と頭を垂れ、

――この愛おしい地球を
　　お救い下さい！

と、光の子としては、叫ばずにはおれなくなります。

二〇一九年一〇月一〇日、いよいよ、光と化した新世界が、現実として、目の前に迫っています。自らが魂の光を顕現(けんげん)し、光のマントにまず変身です。そして、救い主 知抄の〈**分け御霊**(みたま)〉として、救い主様と一体と成(な)り、光人(ヒカリビト)として、〈**光命体**(こうめいたい)〉として、共(とも)に地球を救う、使命を担(にな)い、この〈**前夜祭**〉の恩恵を、余すところなく受け止め、地球全土へ、この、喜びと讃美と感謝の威(い)力(りょく)を、放ち続けます。

いつも、尊いお導きを、有難うございます。

二〇一九年 九月 二十三日

（K・M）記

前夜祭（3）

―ありがとうございます。―

本当に、本当に、ものすごい〈前夜祭〉でした。私は光です。本当に光そのものです。光であることが、本当の私です。本当に甘えを捨てて、光に成る(なる)か否かは、瞬間の自力救済です。強く軽やかに行きます。今日の会場に降下(こうか)された、知抄の光は、ものすごい光でした。開始前、窓外の前方上空に、偉大なる知抄の光の方々がおられ、開始の時には、一面、色とりどりに光輝く、光の海の中に居るようでした。（N）さんの開始の時に、知抄の光のお方がお二人、真ん中を歩かれて、（Y）さんのお話の時は、静寂の中ですが、音が仄かに聞こえるほど、**知抄の光（十字の光・吾等）**が降りられて、私の時は、周りを、（後ろも前もぐるっと）光の方々が囲んで下さり、一斉に、光へと引き上げて下さいました。

終了後、想像を超えた現実に、パニックになりました。

智超法秘伝

○幸せを呼ぶ　数え宇多

○光呼吸

○光の源への　雄叫び

を、実践すると、ものすごい天界の光が、降りられて

―― 光の舞いは　かくあらんや ――

というぐらい、雷のような強力な力でもあり、はたまた、愛で包(つつ)まれた優しく、穏やかで、温もりのある、表現しがたい、喜び爆発の、お祭りのような、華やかさでもありました。

〈言葉(ことは)瞑想〉では、光の源(みなもと)へ、届けとばかりに、私自身、普段、想像出来ない、ものすごい、誓いをたてました。そして、救い主知抄の光の在(あ)られる生命(いのち)の根源、創造界で、色々なものを見せて頂きながら、

―― 使命遂行(すいこう)　絶対にやり抜かねば ――

との、強い覚悟で叫んだ瞬間、すぐに、闇(やみ)に呑み込まれて、人間

に戻りました。即、

――知抄の光 暗黒の地球を お救い下さい

の、雄叫(おたけ)びをあげると、即、光に戻れました。

――光へ行きつ 戻りつ

の、光と闇(やみ)のせめぎあいは続きました。振り返って見ると、ものすごい、〈光と闇(やみ)との決戦の中〉に、あったことが判(わか)りました。今、どうしても越えなければいけない、自らの存亡をかけた光の山を、

――我れ行かん――

の、積極的な決意と覚悟が、絶対に必要であることを、魂に刻み

ました。

☆行け　吹きすさぶ　嵐の荒野へ

☆行け　暗黒の世界へ

☆行け　求めし者のために

の、知抄の光からのメッセージの言葉（ことは）が、大音響で天空に轟（とどろ）き、地上にこだましていました。

――救い主 知抄様の、御尊体は、大丈夫でしょうか。

一〇月五日の セミナー開催。

そして、第三巻の御本の御執筆。

お休みされる暇もない、御多忙で大変な中、何一つ、お手伝い出来ない、この〈**歯がゆさ**〉。知抄先生への依存心で過ごして来た、己を振り返り、涙、こぼれます。

――こうして今日も、生かされている
生命の源、知抄の光の恩恵に感謝です。

――ありがとうございます。

の、言葉しかないのでした。

救い主 知抄様、十字の光・吾等様を、我が魂にお迎えし、共に〈**光命体**〉になって、**光人**〈**ヒカリビト**〉として、確立し、地球全土に、

――使命遂行(すいこう)の　喜びかみ締(し)め
光を　放ち続けます。

二〇一九年九月二十三日
（U・H）記

☆コメント☆

光を
死守する者は
光によって
守られる

〈15〉

☆ 十字の光・地球を救う　吾等が決意！
1996 年 10 月 12 日　秋吉台にて

前夜祭（4）

〈**前夜祭**〉の開催、ありがとうございます。

今日の前夜祭では、誰が良いとか、悪いでなく、参加者を、〈**丸ごと光へと引き上げて**〉、お使い下さいました。

教室の担当者、及びスタッフも、一点の良い所だけを見て、知抄の光の威力（いりょく）で、引き上げてお使い頂いていることが、本当に良く判（わか）りました。智超法秘伝（ちちょうほうひでん）の実践の時に、〈**魂の光**〉が解放されると、全く、視界すらも変容する体験でした。

夕空は、かなり雲が広がっていたのですが、その隙間より、真紅の、美しい夕焼けが見えました。その色は、アカデミー教室に降下(こうか)された、光の御写真☆（第二巻掲載）の、紅蓮(ぐれん)の炎のようでした。

前夜祭は、本当に凄い光の中に私達はおりました。窓外(まどそと)を見ていると、光と闇(やみ)との峻烈(しゅんれつ)な戦いの中にあることが、見てとれました。そして、光の源(みなもと)直系の御使者、**救い主 知抄の光（十字の光・吾等(われら)）**が、地球人類を、光へと引き上げる為に、どれ程の闇(やみ)を、光に変えて下さっているか――。

そのことを思うと、今日、ここに集(つど)い在(あ)る者達は、救い主 知抄の光の、実在の地上への降臨(こうりん)を、私達が、光を死守することで、御守りしなければならないことに、気付きました。

二〇一九年 九月 二十三日 （I・M）記

☆ あなたは溺(おぼ)れていませんね❣ 知抄著

前夜祭（5）

今日は、主人と共（とも）に参加させて頂き、本当にありがとうございました。主人もプログラムの進行に、共（とも）に歩を合わせることが出来、大喜びで感謝、感謝です。

〈光呼吸（ひかりこきゅう）〉をしながら居ると、

――魂の光が 解放されます。

すべてを、光にゆだねる――

と、知抄の光、（十字の光・吾等（われら））

と共に、在ることが判りました。

会食では、一口毎に喜びが湧いて、知抄の光にゆだね、〈光呼吸〉をしながら、十五号台風による、千葉の〈被災地〉の復旧を願い、九州、四国、中国地方へと光を注ぎ、各国へ、地球丸ごと、知抄の光と共に、光の源への全てを、携えて、嬉しく、楽しく、頂きました。

いよいよ、新世界一〇月一〇日を目前にして、〈魂の光〉と共に歩まなければ、光の地球で溺れるだけです。

何が起きようとも、

——　知抄の光の分け御霊

であることを、魂に刻み、

智超法秘伝（ちちょうほうひでん）〈幸せを呼ぶ　数え宇多（かずうた）〉一〇番

――　とうは　トウで成る成る　光の地球
　（スーレ　スーレ　光の源（もと）へ）

――　光の源（みなもと）目指し
　　前だけ見て
　光だけ見て　進む
　　　強き歩みします

全てを知抄の光に〈ゆだね〉、喜び・讃美・感謝を、光の源（みなもと）へ捧げます。

― ありがとうございました ―

二〇一九年九月二十三日

（M・M）記

☆ 智超法秘伝（ちちょうほうひでん） ☆

○幸せを呼ぶ　数え宇多（かずえうた）

☆うたえば

身も心も　軽やかに

楽しく　嬉しく　過ごせます

☆口ずさんでも　可

前夜祭（6）

―― 素晴らしき仲間との前夜祭！

伏して、喜びと讃美と感謝を捧げます。

知抄の光（**十字の光・吾等**）が、ご降臨された会場は、お椅子を、各人が賜った時から、〈**嬉しく**〉、この世にいないとでも云う様な、全く別世界でした。私にとっても初めての感覚で、すべてが、初体験でした。全てのカリキュラムの内容が〈**新鮮**〉で、何も、かもが、感動の連続でした。

――夢心地とは、こういうことなのでしょうか。
――あっという間
に、終わっていました。

共に会食で賜った宝箱の様な夕食は、上段の綺麗な副菜の数々を、頂きますと、その一つひとつが〈光そのもの〉で、五臓六腑に沁み渡りました。そして、呼応する臓器が癒され、光に変わります。それが、更に、地球の彼方で呼応しておりました。そして、癒され、共に光に変わって行くのでした。その美味しさは、嬉しさが、増幅する度に、喜び・讃美・感謝が爆発して、地球全土へと、隅々まで届くのでした。
来る一〇月一〇日、地球の大飛躍に備えて、神剣の光の剣を抜いた、救い主 知抄の光の舞の威力、確と、確信として、享受いたしました。
この真実を証すべく、〈**光命体**〉への変神に向けて、次なる階梯を目指します。

二〇一九年 九月 二十三日

（T・N）記

下〈17〉　　　　　　　　　　　　　　　　上〈16〉

☆ 参拝する知抄と実在の知抄の光（十字の光・吾等）
1996 年 10 月 10 日　宇佐神宮 奥院にて

前夜祭（7）

九月二十三日、秋分の日。風も爽やかな晴天の中、沢山のお方が光の剣を抜き放ち集結され、皆さんの決意に、本当に驚嘆と感動で、私は一瞬、たじろぎました。知抄の光は、本当に光の源、創造界の生命の光であることを、実感させて頂きました。

セッティングされた会場では、喜びと讃美と感謝が満ち溢れ、この場に今あり、参加出来たことは、私にとっては、これぞ奇蹟であると思いました。一〇月五日に開催されるセミナーを前に、かけがえのない、大いなる学びと、気付きと、覚悟を、頂くことが出来ました。

知球暦一〇年目を迎える、一〇月一〇日からは、いよいよ、〈今和〉の生き様である、新世界になり、本当に人間やってる場合ではないことを、痛感致しました。

今日の前夜祭のように、全てを、光にゆだねて、知抄の光の威力で、本性の光を解放して頂き、何の捉われもない、魂の光で、二十四時間生活することを、身に修めざるを得ない時を迎えた、貴重な学び場でした。

――いちに決断で、知抄の光を魂に掲げ、

光呼吸をし続けると、

胸の奥から、突き上げて来るものがあります。

智超法秘伝を実践することが、

光の地球で、溺れている

自らを、救うことになる ――


ことが、今日の学びで確信となりました。

そして、身も心も浄化された、光の会食に、御礼申し上げます。

初めての、〈言葉瞑想〉は、本当に物凄い、実在の光が降りて来て、お導き下さっていることが判りました。私の魂の光が解放され、自由に羽ばたき、

―― 肉体を照らし

精神へ　五感へ　細胞へと……

――

光のマントに変身し

感謝　感謝　で

喜び　爆発　でした

私は　光の中で　嬉しくって

踊っておりました

この物凄い体験は、私のカルマすらも、過去の、全ての既成概念を、焼き尽くす威力でした。新世界の礎の光に成り、人間として共存する為の、大きな糧として、全てを、受けとめ、共に歩む決意が増しました。

本当に無知である人間の偏狭ぶりを突きつけられて、武者震いするほど、視野が開け、物凄い勇気と、実在する知抄の光の存在を、身近に感じました。

前夜祭に相応しい、一点の曇りもない、喜び、讃美、感謝の皆さんのお声も、そして、色白になって輝くお顔も、感動でした。一人ひとりの喜び、讃美、感謝、爆発の、この光に成った威力は、救い主 知抄様の手足になり、それぞれが部位を担い、誰一人、同じ使命はなく、地球の闇を、光に変えて、構築して行くことでした。

今こそ、どんな小さな部位でも担えるように、まず、私自身が、**〈光そのもの〉**に成り、光のマントに成ることでした。

私は今日まで、**〈光に成っている〉**と、溺れていることに気付かず、人間丸出しでいたことを、認識出来ました。こんな私を、見捨てることなく、今日という、九月二十三日、光へと引き上げて下さり、本当にありがとうございます。
これからは、もっともっと、謙虚に、
智超法秘伝〈幸せを呼ぶ　数え宇多〉九番
☆ここはここまできても永遠なる学び
（謙虚　謙虚で　キョン　キョン　キョン）
を、実践、実行致します。

二〇一九年九月二十三日

（K・Y）記

前夜祭（8）

〈前夜祭〉への参加、本当にありがとうございます。そして、今日参加させて頂いたことは、自らの存亡をかけての、ラストチャンスを頂いたことが判りました。それは、言葉では言い表すことが出来ないほど、深い〈洞察力〉によって、救い主 知抄様の、救い主の目での、私を救う為のお計らいと思いました。この、大きな〈御配慮〉による恩恵に、〈言い尽くせぬ〉思いを捧げます。本当に、本当に、ありがとうございました。

光の源を出てから幾世層、地球を救う〈光の子・光人〉は、

救い主 知抄様の〈**分け御魂**〉であることを、瞑想中に思い起こし、私の魂は、喜びに打ち震える思いでした。今日の、この貴重な一連の学びと、気付きを、しっかりと魂に刻み、〈**光の子として確立**〉し、強き歩み、共に行きます。今、この瞬間からは、傍観者ではなく、必ず、救い主 知抄様の手足となって、地球を救い、人類を救う、部位を必ず担います。

今日は、美味しいお食事を、〈**光呼吸**〉と共に頂きました。魂の光で結ばれた、素晴らしき仲間と、楽しく、嬉しく、和やかな光を、地球全土へと、振りまきました。光呼吸をしながらも、

― 平和のために
生命注ぐ ―

という、素晴らしき仲間の詩（うた）が過（よぎ）り、光のマントになって、魂の光が顕現（けんげん）している、光の源（みなもと）の、〈**地球を光と化す**〉大使命の、〈**一翼を担（にな）う**〉重責が、ひしひしと、私の中で蘇（よみがえ）りました。

私は、静かに魂の奥に在（あ）られる、実在する、救い主 知抄様の水辺から聞こえて来る、創造界の美しい音色の〈**素晴らしき仲間の詩（うた）**〉に耳を傾け、〈**光そのもの**〉に成（な）って、地球全土へ光を放ち続けておりました。

二〇一九年 九月 二十三日

（K・Y）記

☆地球を救う使命遂行(すいこう)☆

幾世層(いくせいそう)かけて、養成されて来た

光の子・光人(ヒカリビト)です

今世で 養成されて

急に〈使命〉を

担(にな)うことはありません

☆

魂の光の顕現(けんげん)は、

一隅を照らすだけです。

☆ 素晴らしき仲間の詩（うた） ☆

一　光の　古里（ふるさと）　後にして
地上目指して　幾世層（いくせいそう）
地球浄化の　礎（いしずえ）と
素晴らしき仲間　今ここに

二　光の剣（つるぎ）を　共（とも）に抜き
結びし誓い　熱き思い

☆ともしびの曲でうたいます。

三

輝く光に　全て捧げ
素晴らしき仲間　ここに集う

揺るぎなき心　蘇る
平和のために　生命注ぐ
全てを照らして　進む道
素晴らしき仲間　光の友

一九九五年　九月　十七日

知　抄　受託

前夜祭（9）

〈前夜祭〉の開催、大きな恩恵を賜りました。

天空に浮かぶ、透明な飛行舟のような会場……天馬に引かれて天空をゆったりと、漂っているようでした。

暮れ行く薄いブルーの空に浮かぶ、雲の縁が、茜色に染まり、次第に黒く染められて行きました。建物の灯が輝きます。和やかな空間で、

――〈今和の新世界〉に適応する

大切な学びを　頂きました
光の洗礼
魂が魂に
語りかけ
意識が
変わり
大きな地球の
変容のう、ねり、
確(しか)と受け止めました

二〇一九年一〇月一〇日〈令和〉の新世界を、**〈光生命体（ひかりせいめいたい）〉**として、生きて行く為に、**知抄の光（十字の光・吾等（われら））**を、どんどんお迎えし、喜び、讃美、感謝で、本性（ほんせい）の光を解放して頂き、**〈光そのもの〉**として、光の源（みなもと）の御意思を顕現（けんげん）し歩みます。

――私の前に　光あり

永遠（とわ）なる　光の源（みなもと）

目指し

知抄の光と共（とも）に

光の道を歩む

地球を
宇宙の中の光り輝く
星とするために！

地上に降りた、救い主 知抄の光に、万感の思いを込めて……。
今日の〈前夜祭〉を、喜び、讃美、感謝の威力で、地球を、人類を、
光へと引き上げて参ります。

二〇一九年 九月 二十三日

（M・A）記

◇前夜祭（10）

◇いつも　知抄先生　すべてにおいて
　ありがとうございます
◇平和に毎日過ごさせて頂いて
　ありがとうございます
◇〈前夜祭〉に　参加させて頂いて
　本当に　ありがとうございました

◇魂に知抄の光を　頂き
　魂の光を　輝かせて頂いて
　　本当に　ありがとうございました

◇この〈前夜祭〉以後　智超法秘伝(ちちょうほうひでん)の
　　幸せを呼ぶ　〈数え宇多(かずえうた)〉を口ずさみ
　〈光呼吸(ひかりこきゅう)〉をすると　すぐに
　　凄(すご)く　嬉しくなってきます

◇ありがとうございます
　　皆さんと　素敵で美味しい会食を
　　　ありがとうございました

とても　美味しかったです

〈前夜祭〉以来

知抄の光と共（とも）に歩む

決断をすると

◇百会（ひゃくえ）が　ピカッと　反応し

まぶしく輝く　感じがします◇

◇そして　穏やかな　温もりのある光に

包（つつ）まれているようです

◇八階からの　夜景は　素晴らしく
目に見える世界だけでなく
今日　ここに参集（さんしゅう）していることに
深い意味がある事だと　思いました

◇宇宙創造主　光の源（みなもと）の
地球を救う　直系の御意思を感じ
この場に　共（とも）に居させて頂き

◈本当にありがとうございました

二〇一九年 九月 二十三日

（Y・Y）記

知抄・光の足蹟(そくせき)

喜び 讃美 感謝に満ちる

(五) 今和(こんわ)の新世界

① 二〇一九年一〇月五日セミナー

開会

只今（ただいま）より、知球暦一〇年を迎え
――〈喜び・讃美・感謝・爆発！〉セミナー
を、開催致します。
あと五日で、待ちに待った、二〇一九年一〇月一〇日、

知の時代の到来
そして、〈今和（こんわ）〉の新世界を、迎えます。
魂の光を　地上に顕現（けんげん）し、

ヒラメキで　光と共（とも）に生きる、

――　光が主である地球　――

過去も、未来も、

今を和して　生きる　新世界……

それは、人類が、

〈魂の光そのもの〉に成（な）って、

初めて可能な生き様（ざま）となるのです。

光と化した地球を、

喜びと讃美と感謝　爆発！

の、〈光生命体（ひかりせいめいたい）〉として生きることです。

今を、この一瞬を、〈自力救済〉で、
　自ら（みずか）の内なる思考の闇（やみ）を平定し、
肉体マントを、光のマントに
　変身することで、共存出来るのです。
今、ここに集（つど）う、
　○光の子・光人（ヒカリビト）、
　○真に光を求めし者
即、知抄の光を魂に掲（かか）げ、
　光の剣（つるぎ）を抜き、光を放ち、
地球全土の、生きとし生けるものに、

喜び・讃美・感謝に満ちる、
　救い主知抄の光の威力を
知らしめ、根付かせる歩み、
　確と自覚されますよう。

今和の新世界を生きる、新人類の〈光生命体〉として、今、ここに集いある、顕幽両界の、人類のお手本となる、前夜祭になることを期待致します。

二〇一九年 一〇月 五日

（H・K）記

②
地球浄化の礎(いしずえ)の光として
喜び・讃美・感謝　爆発で！

〈幸せを呼ぶ　数え宇多(かずうた)〉十番
――トウで成(な)る　成(な)る　光の地球

二〇一九年一〇月一〇日、知球暦一〇年を直前にしての、一〇月五日、横浜みらいホールで開催された、〈喜び・讃美・感謝爆発！セミナー〉開催、本当に、本当に、ありがとうございます。

智超教室(ちちょうきょうしつ)で学び始めて二十六年、今迄(いままで)、一体何を見、何を聞いて来たんだろうと、思うくらい、光の御写真も、光の言葉(ことは)も、何

もかもが、くっきり、はっきり、鮮明に、魂の光が直接受け止め、
まさに、

喜び・讃美・感謝 爆発！

で、いることが判り、涙しました。

知抄の光の足蹟の証でもある、数々の光の御写真、今も生きた実在として、光を放ち続けるその威力。そして、**光の言葉**。

光を裏切る人間を、計り知れない程、御尊体を痛めながら、辛抱強く、お導き下さり、今日、ここまで連れて来て頂けましたこと、万感の思いを込めて、ありがとうございます。

地球浄化の礎の光として、光り輝き、〈**今和**〉の、新時代の新人類として、光の源目指して歩みます。

二〇一九年 一〇月 五日 （H・N）記

③ 地球丸ごと

光の源（みなもと）へ向かう大変革

知球暦一〇年の五日前、〈喜び・讃美・感謝 爆発！〉セミナーを、開催頂き、ありがとうございました。

本当に、時空を超えて、一瞬のうちに終わってしまいました。

準備をしている時に、すでに会場内に、**知抄の光（十字の光・吾等（われら））の、〈喜び〉**、爆発の光が、降り注（そそ）がれているのを感じました。

―― 新しき出発の時 ――

と、いう御言葉と共（とも）に、〈**光の舟**〉が、いよいよ出発することを、感じました。胸にジーンと、込み上げてくるものがありました。それが、何を意味しているのかは、判りませんでした。

セミナーが終わってから、昨日の夜、半月より少し欠けたお月様が、とても大きく、黄金に輝いて、まるで、光のお舟のようだと思っていた事を、思い出しました。そして、以前、知抄先生が宇佐神宮の奥院に参拝された時に、頭上に降下された、光のお舟の御写真を、拝見させて頂きたいな……と思いました。

なんと、今日、その御写真が、舞台上に、展示されていました。光のお舟を連想したことが、不思議だなと思いながら、今、この文を書いていて、ハッと、お舟は、〈**光のノアの箱舟**〉のことだ……いよいよ、光の源に向かって、地球丸ごと、永遠に続く光の道へ、旅立つことがはっきりして来ました。大きな、大きな、〈**光の源の地球を救う大計画**〉が、今日のセミナーによって、今迄(いままで)の比ではないと、その意気込み**知抄の光（十字の光・吾等(われら)）**の思いを受け止め、お迎えしました。

すると、☆**漆黒(しっこく)の闇(やみ)の中……**　のメッセージが、急に思い出され、

喜び・讃美・感謝　爆発！　の知抄の光の帳(とばり)の中で、

――　**吾等(われら)は応える**　――

との、御言葉が、こだまするように、聞こえてまいりました。

〈**今和(こんわ)**〉の新世界、知抄の光にゆだね、智超法秘伝(ちちょうほうひでん)を実践し、

光と共(とも)に、〈**光生命体(ひかりせいめいたい)**〉になって、使命遂行(すいこう)致します。

自力救済の歩み、しっかりと致します。

二〇一九年　一〇月　五日

（H・Y）記

☆ 知抄の光から受託された
メッセージです。

〈18〉

☆ 1992年10月10日　大分県宇佐市
宇佐神宮奥院　大元神社にて　撮影

☆地球浄化の礎(いしずえ)の光☆

漆黒の闇(やみ)の中
　一点の光あり
バラの香りと光の力
　その一点に注(そそ)ぐ
与えし　光の力
　万力をもって支えん
今光の剣(つるぎ)

今日のセミナーの 気付きと学びを、
魂に深く刻み、 喜び・讃美・感謝 爆発！
で、楽しく、嬉しく 今を和し ― て、過ごします。

― ありがとうございました ―

感謝しても、感謝しても、まだまだ足りません。この喜びを、光の源(みなもと)へお届け致します。

救い主様 知抄様 知抄の光（十字の光・吾等(われら)）様、もっともっと、近こう近こう、敬(うやま)い、お迎えし、自(みずか)らが〈**光そのもの**〉として生きて行きます。

二〇一九年 一〇月 五日

（H・S）記

⑥ 知抄の実在する光で
守られている日本

二〇一九年一〇月五日、開催されたセミナー
あまりの凄さに雷に打たれたような衝撃です。

―― 偉大なる　救い主　知抄の光様
（十字の光・吾等）様

このセミナー　光の宴
鮮やかな　光の舞

光の目で
光の耳で
光の言葉で
――喜び　讃美　感謝の爆発！
新しき　門出を共（とも）に　寿（ことほ）ぎ
共（とも）に　参ります
地球丸ごと　顕幽（けんゆう）両界の
低我（ていが）の闇（やみ）を　光に変え
下降を続けて来た　人類の意識を
光の源（みなもと）へと　大きく　大きく

今和（こんわ）の新世界への〈大転換〉は、物凄（ものすご）すぎて、言葉もございません。

私は今夏、八月八日、出張先のオーストラリアから帰国した日の、一連の体験を思い起こしました。疲れていたので、目を閉じていました。急に、何とも言えない雰囲気に変化し、驚いて目を開けると、飛行機が日本の上空に入っていく所でした。

物凄（ものすご）い勢いで、光の妖精さんの大群が目の前を走り抜けて、世界へ飛んで行きました。

大地は光り、盛り上がっている様で、絶え間なく、知抄の光が放たれていました。

光の源の創造界は、誰も見た事が無いと思うのですが、今、私が見ているのは、本当に、知抄の光の在られる所でした。全く景色、雰囲気、全てが別世界なのでした。

太陽の様に、燦然と輝く、偉大な知抄の、まばゆい光は、地球の核として、周りを照らしていました。救い主 知抄の光の威力が、愛そのものとして、溢れて、地球全土へと広がって行くのです。

日本から放たれる、この微細な波動は美しく、活力に満ち溢れ、香りまで、感じられる様でした。

まるで、光の海の中を、飛行機に乗って進んでいる様でした。そして、その先には、黄金に輝く、救い主 知抄の光が、実在として在るのです。

成田に降りると、大気の柔らかさ、微細さに驚きました。全てが今迄と違うのです。ずっと以前から旅をしていて、**〈光の国日本〉**に、やっと、やっとたどり着いた様な、そんな感覚でした。呼吸をする度、何が起きているのか、現実が判らなく、いとも、不思議な感覚でした。

大気は、**〈愛そのもの〉**でした。全てをやさしく、愛で包み込んで下さるのでした。一日生きれば、何年も若返る様です。持っている全ての悩みが、知抄の光の御名を、魂に掲げれば消えて行くのです。

―― 知抄の光様　ありがとうございます ――

と言う度に、本当に、本当に、私の手も、顔も、真っ白になって若返ることは確かです。

何となく、〃そんな気がした〃という事では無く、正に現実なのでした。神々様が現実にそこにおられるのでした。

喜びの歌声のような響きがこだまし合い、どんどん喜びが讃美と感謝で爆発している、それが、二週間ぶりに帰国した、光の国、日本でした。

この日本に、救い主 知抄様がおられる喜びは、全ての生命を揺らして、光り輝かせ、愛で、満たして下さいました。

本当に、全ての生命は、歌っていました。

救い主様に感謝、喜び、讃美を捧げていました。

人間は、ここではとても新しい住人…… 住人というよりは、〈点〉みたいな感じでした。

ここで、自分のあるがままを捧げられる様、我が魂の光が、連れてきて頂けている様でした。全てを知抄の光に〈ゆだね〉、〈捧げて〉行くと、愛で満たされた中に在り、内からも色とりどりの、回転する光に満たされるのでした。平伏し、平伏し、次の人間進化の階梯に向かって、前へ歩ませて頂ける、救い主知抄様の帳の中でした。

知抄の光様に、頭を垂れて、それは、何人にも強制、命令されるのではなく、全く自然に、本当に自然に、偉大な神様の前に、ひざまずく、当然の成り行きでした。平伏すとか、全てを捧げるとか、感謝するとかの、今迄の来し方は、すべて、口先のみと思いました。

真に平伏す、本当の喜びとは、これこそ、

――かく　あるべき――

と、私なりに、自然に理解出来ました。
美しい、美しい、本当に美しい、知抄の光（十字の光・吾等（われら））
が見守り、溺（おぼ）れている私達が救いを求めると、光へと引き上げ、
やさしく、温かく包んで下さる知抄の光の帳（とばり）の中に在（あ）る、光の国
日本でした。
そして、今日、横浜の地で、光の子・光人（ヒカリビト）、顕幽（けんゆう）両界の真に光
を求めし者等（ら）が集（つど）い、

――喜びと讃美と感謝　爆発！

の、かつて体験したことのない、素晴らしいセミナーでした。

二〇一九年　一〇月　五日　（Ｈ・Ｕ）記

⑦ 救い主 知抄様に 御当人は 無頓着(むとんじゃく)！

一〇月五日セミナー、本当にありがとうございました。セミナー会場におりますと、会場全体、そして、地上全てが、上から下まで全て、黄金の光の中、光が満ち満ちた中にあり、本当に光の河の中にいると思いました。その中では、〈**光呼吸**(ひかりこきゅう)〉以外、呼吸をする術(すべ)がなく、一瞬も休まず、光呼吸(ひかりこきゅう)を続けることが、本当に不可欠で、地上が全て、そうなっていることが鮮明でした。

セミナーのプログラムが進むにつれ、光の源(みなもと) 直系の御使者、知抄の光が、直(じか)に降り注(そそ)ぎ、（**十字の光・吾等**(われら)）が、光の子・

光人（ヒカリビト）に、どんどん降りて来られていると思いました。

今まで、地上には、フィルターが掛かっていて、少しずつ、少しずつ、徐々に、知抄の光は増しながら、ここまでの道のりを、寸分の狂いもなく進み、今まさに、そのフィルターが、取り払われたかのようでした。顕幽（けんゆう）両界の区分がなく、同じようでした。

そして、智超法秘伝（ちちょうほうひでん）の〈**雄叫（おたけ）び**〉を実践しますと、今迄（いままで）のことが、幻（まぼろし）のように消えて、何かの封印が解かれるのが、判（わか）りました。それは、有史以前からの、地球の全てで、今迄（いままで）、石か何かで固められて凍結していた、ありとあらゆるもの、全てが、新鮮に蘇（よみがえ）り、一斉（いっせい）に、解き放たれた様でした。頑丈（がんじょう）に鍵の掛かっていた岩の扉が、知抄の光を浴びて、全開に開かれた瞬間のようでもありました。

人間が、一瞬前をふり返り、反省したり、また、その消え行く余韻に浸る、その一瞬すら無い、そんなことをしている場合ではない、状況でした。毎瞬が、知抄の光（十字の光・吾等）の偉大な威力が、充満する光の中で、光呼吸で生き、

――光そのものであり続けるだけの
他に　共存出来る余地のない
　　光の地球でした

――光の地球では　人間が
　頭を上げることなど、出来ない
十字の光・吾等と共に在るのでした

――実在する　知抄の光の御前では
　全て　何一つとして　嘘がない
地球になったことが　判りました

　そして、こうしている今も、地球は刻々と光が増して行くのが判ります。

　魂の奥に降臨されている、救い主 知抄の、実在する光に頭を下げ、自らが〈**光そのもの**〉である時の、圧倒的な喜び・讃美・感謝の中で、自らが放つ光は、遥か彼方まで、どんな闇をも光に変え、光が突き抜け、光に変わって行くのでした。

　今回のセミナーの開催中、地上の全ての人類の魂に強く、まばゆい光が実在として、差し込まれ、素直に受け止める人々を、一瞬で光へ誘う、凄い威力を体感しました。〈光の剣を抜く〉とは、このような体験を踏まえての使命遂行、確と了解出来ました。
また、今回、親子で舞台に上がるチャンスを頂き、舞台に降り注ぐ実在の光は、凄いとしか言いようがなく、私一人の時とは全く違い、感謝は、二人分でなく、その背後まで、全て、無限の顕幽両界に連なり、物凄い、

――

喜び・讃美・感謝の爆発！でした。

子を持つ親として、子供を連れて〈令和〉の新世界を如何に生きるか、多くの気付きと学びを、一瞬で頂きました。
〈光生命体〉としてあれば、自然と頭が下がり、幾重にも頭を下げて、下げて、感謝しかありませんでした。

救い主 知抄の光は、神様中の神様。知抄の光の、地上への降臨に、あまりにも〈無頓着〉であられる、知抄先生に、私の方が今更、ビックリしているところです。

二〇一九年 一〇月 五日

（H・M）記

あとの言葉（ことは）

今朝 四時五十八分、千葉北部を震源地として、震度 二、マグニチュード 四・一の地震がありました。そして、夕方の十六時四十八分は、東京二十三区を震源地として、震度 三、M 三・五の地震が来ております。

とっさに、皆さんは、どう対処されましたか?

私達、光の子・光人（ヒカリビト）・真に光を求める者は、少なからず、光の源（みなもと）へ、すべてを〈ゆだね〉て、

―― 救い主 知抄の光

暗黒の地球を　お救い下さい ――

の、雄叫びを、我が〈**魂の光**〉と共に、胸の奥へ、奥へと、声なき声で、届け続けています。

地震だけでなく、大自然の強烈な猛威に、地球人類は、さらされています。光と化した**地球主体**の、自浄作用です。今迄通り、三次元の肉体マントで生きる人間は、目先のことに捉われ、仕事優先、悩み心配優先、病気優先、そして大型台風、暴風雨に翻弄され、右往左往する目先の視野では、一〇月一〇日、〈**今和**〉の新世界に、新人類として順応することは、難しいことです。人類すべての者が、光の源を目指し、光の道を古里へ向かって帰って行く、大きな大きな、人間進化への道しるべでもあります。

宇宙の原理が作動する、光と化した、**地球自体**の〈**大変革**〉

です。

―― もはや　人間やってる暇はない ――

それは、国家も、個人も例外なく、〈光そのもの〉にならねば、今迄の生き様では、前へ進めないことです。

今、この本を読了されたお方は、身も心も軽やかに、病のことも、悩みも、仕事のことも、脳裏にないはずです。

人間が〈光そのもの〉に成れる〈智超法秘伝〉の、この威力を体得し、〈今和の新世界〉を、魂の光が自由を得て、羽ばたいたら、

―― 光を　垣間見た者　多し

されど

光の道を　歩んだ者は

皆無なり ——

の、光の源（みなもと）から人類に頂いた、この真理が、光の子・光人（ヒカリビト）、**知抄の光**（**十字の光・吾等**（われら））によって、現実となって参ります。

その、一〇月一〇日、いよいよ、明日、その日を迎えることに成りました。**地球自体**も、**地球人類**にとっても、この**大変革**は、

—— 喜びと　讃美と　感謝　爆発！

です。

光の地球は、知抄の光の威力（いりょく）に〈**ゆだね**〉さえすれば、魂の光は、自由に羽ばたけるまでに、光の道を平坦にしております。

光が主である地球で、理論、理屈を言えば言う程、光の地球とは、遠い存在となるでしょう。
すべては、自ら（みずか）が自らを救う、自力救済です。誰からも、強制も命令もありません。自由意思による、自己責任です。

―― 救い主 知抄の光
暗黒の地球を
お救い下さい ――

今、素直に、人間の古里（ふるさと） 光の源（みなもと）へ、雄叫（おたけ）びを、無心になって、届けられますか？
〈**魂の光輝（こうき）**〉は、何の捉（とら）われもない、〈**自由人**〉になることです。

喜びと讃美と感謝に満ちる、光と化した地球を、**軽**やかに、〈**智超法秘伝**〉を**実践**しながら、スーイ　スーイと、光の源目指して、歩みましょう。

人間進化への、**今**を**和**して生きる、〈**光生命体**〉としての確立を、祈念するものです。

二〇一九年　一〇月　九日

知　抄

喜び・讃美・感謝の威力　第三巻

次元上昇し 今

光と化している地球

あなたも新世界の地球人？

2019 年 11 月25日　初版第 1 刷発行
2019 年 12 月13日　初版第 4 刷発行

著　者／知　抄
発行者／韮澤 潤一郎
発行所／株式会社たま出版
〒160-0004 東京都新宿区四谷 4-28-20
☎03-5369-3051（代表）
http://tamabook.com
振替　00130-5-94804
印刷所　株式会社エーヴィスシステムズ

ISBN978-4-8127-0436-3 C0011